BESTSELLER

[!]

Biblioteca

MATILDE ASENSI

El Salón de Ámbar

⊞ DeBOLSILLO

Diseño e ilustración de la portada: Eidològic

Primera edición en U.S.A.: junio, 2005

© 1999, Matilde Asensi
© 1999, Random House Mondadori, S. A.
  Travessera de Gràcia, 47-49. 08021 Barcelona

Printed in Spain – Impreso en España

ISBN: 0-30734-332-4

Distributed by Random House, Inc.

1

Mientras en el centro de la abarrotada plaza del Mercado Chico un clérigo de la Inquisición arrojaba libros herejes a la hoguera, dos calles más arriba yo luchaba desesperadamente por sacar del garaje mi flamante BMW 525 tds, color granate metalizado, en dura liza con la riada de rezagados que llegaban tarde a la fiesta medieval organizada por el ayuntamiento. Para mi desgracia, desde varios días atrás estaban teniendo lugar, en la misma puerta de mi casa, ruidosas reyertas de mendigos, ventas de esclavos, torneos de caballeros y ajusticiamientos de vendedoras de remedios y reliquias. Me decía, desesperada, que si hubiera sido un poco más lista, me habría abstenido de quedarme esos días en Ávila, marchándome a la finca con Ezequiela y dejando que mis conciudadanos se divirtiesen como les viniera en gana. Pero acababa de regresar de un largo viaje y necesitaba urgentemente el entorno de mi propia casa, la comodidad de mi propia cama y un poco de... ¿tranquilidad? Las dichosas fiestas municipales me estaban sentando fatal.

Golpeé suavemente el claxon e hice señales con

las luces para que el río humano se apartara y me dejara salir, pero fue totalmente inútil. Hube de contener un agudo instinto asesino al ver cómo un corro de adolescentes se dedicaba a aporrearme el capó entre gestos obscenos y risotadas. En estas ocasiones, y en otras del mismo pelaje, siempre juro para mis adentros —generalmente en hebreo— que es el último año que me quedo encerrada en el interior de las murallas a merced de la jauría.

Es evidente que por nada del mundo hubiera salido a la calle en tales circunstancias de no haberse producido la imperiosa llamada de mi querida tía Juana, a quien, precisamente, tenía pensado visitar al día siguiente para dar por terminado el asunto de San Petersburgo. Pero cuando Juana dice «¡Ahora!», ni todo el ejército norteamericano, con Patton a la cabeza, se atrevería a llevarle la contraria.

—Llévate la chaqueta, que está refrescando —me advirtió Ezequiela desde el salón—. ¡Y no le des recuerdos de mi parte a... ésa! —añadió con desprecio.

La vieja Ezequiela llevaba trabajando para mi familia desde que tenía doce años, cuando mi abuela se la trajo desde la aldehuela de Blasconuño, al norte de la provincia. Había visto crecer a mi padre y a mi tía, había amortajado a mis abuelos, había servido fielmente a mis padres y, luego, tras la muerte de mi madre, me había criado a mí. Su cariño y lealtad sólo tenían parangón con la irreductible hostilidad que sentía por mi tía: Ezequiela conservaba un recuerdo muy vívido del mal genio y el temperamento agrio de la joven Juana y nunca podría perdonarle ciertos agravios que, años atrás, la habían herido en lo más hondo.

Abandoné el recinto amurallado por la ermita de San Martín y, más tranquila ya, crucé el puente Adaja y tomé la carretera de Piedrahíta. Tenía por delante media hora de pacífica conducción escuchando las noticias de la radio: el presidente ruso, Boris Yeltsin, seguía empeñado en que la Duma aceptara a Chernomirdin como primer ministro, y la Duma, capitaneada por los comunistas, decía que no, que para nada, y que, si Boris insistía, estaban dispuestos a empezar la tercera guerra mundial; por su parte, el presidente norteamericano, Bill Clinton, ante la inminente publicación del informe Lewinsky, seguía empeñado en defender la enorme diferencia entre «relaciones sexuales» y «relaciones inapropiadas». Así que, por estos insignificantes problemillas, las bolsas mundiales estaban en caída libre y el desarrollo económico en franca recesión, aunque, al parecer, ningún conflicto era tan importante para nuestro país como el hecho de que Javier Clemente, el seleccionador nacional de fútbol, se negaba a dejar el puesto a pesar del ridículo mundial que habíamos hecho en Francia y en Chipre.

Apareció a mi izquierda la desviación hacia Molinillos de Trave y, quinientos metros más allá, apoyado contra la ladera del monte de la Visión, recortado por la débil luz de la luna menguante, se vislumbró el enorme contorno azulado del monasterio de Santa María de Miranda, cuyo campanario, en forma de linterna de ocho caras, amenazaba al cielo con tanta virulencia como el puño de mi tía en uno de sus días de mal humor. Nunca entendí por qué Juana había decidido enterrarse en aquel lugar después de haber disfrutado de todos los placeres de la vida. Yo tenía entonces diez u once años y recuerdo las furiosas peleas entre mi padre y ella, que, en una ocasión, como prueba de su férrea decisión y de su profunda vocación religiosa, llegó a tirarle a la cabeza una cajita persa de bronce del siglo VIII que le abrió en la frente una brecha de tres centímetros. Después de aquello, estuvieron mucho tiempo sin hablarse y, entretanto, Juana profesó y se convirtió, para sorpresa de todos, en una sumisa y disciplinada redentorista filipense de hábito negro y toca blanca. No obstante, como ambos hermanos eran buenos exponentes del espíritu práctico de la familia Galdeano, volvieron a reunirse al cabo de algunos años, aunque manteniendo hasta la muerte de mi padre una frialdad en el trato tan gélida como sus respectivos orgullos.

Detuve el coche frente a la cancela del monasterio y esperé a que una de las monjas bajara corriendo la pendiente para abrirme. Eran casi las diez de la noche y, como la comunidad, según la Regla, ya debería estar durmiendo después de haber rezado completas, me extrañó ver tanta animación y tantas luces en la puerta del edificio.

Antes de que pudiera darme cuenta, la hermana Natalia, sudorosa por la carrera y por el esfuerzo de empujar las pesadas hojas de hierro de la cancela, me estaba mirando a través de la ventanilla con los ojos brillantes y una sonrisa en los labios que le dejaba al descubierto las dos blancas hileras de dientes. Suspiré con resignación... Natalia siempre se ofrecía voluntaria para abrirme la verja con tal de que la invitara a subir en el coche durante el corto trayecto de vuelta. Algún día, me decía yo cargada de malas intenciones, algún día enfilaría hacia el monasterio a toda velocidad y la abandonaría allá abajo sin misericordia.

—¡Qué coche tan bonito te has comprado esta vez, Ana! ¡A ver si te dura más que los otros! —exclamó, dejando caer sus buenos noventa kilos de peso en la mullida tapicería de mi BMW. Desde que había sobrepasado los cincuenta, Natalia no había hecho más que aumentar escandalosamente de volumen.

—¿Por qué te metiste a monja, Natalia? Siempre he dicho que deberías haber sido la amante de algún jeque millonario.

—¡Qué disparate! —carcajeó encantada.

Si hay algo que me revienta de las monjas de este cenobio es su inmaculada ingenuidad, su pueril impermeabilidad a todas las barbaridades que soy capaz de decirles.

Tiesa como un sargento e inmóvil como una estatua, mi tía me esperaba en el interior de la conserjería. Juana acababa de cumplir cincuenta y siete años pero, por esa misteriosa capacidad de conservación que disfrutan las esposas de Cristo, aparentaba poco más de cuarenta y tantos. Su rostro esquinado y vertical, de marcadas ojeras y labios finos, era idéntico al de mi padre y al mío, aunque sus ojos azules nada tenían que ver con los Galdeano y todavía estaba por aclararse su exótico e ilegítimo origen. Afortunadamente, el envaramiento de Juana era sólo una pose, y, en cuanto me tuvo a tiro, su gesto se dulcificó y me estrechó en un largo abrazo bajo la almibarada mirada de las hermanas que la rodeaban y de la enorme sonrisa blanca de Natalia.

—¿Qué tal por San Petersburgo? —me preguntó, soltándome al fin—. Estás bastante más delgada...

—No hay mucha comida en Rusia —rezongué, recordando las parcas cantidades de repollo, sémola de trigo y remolacha que había tragado durante una semana.

—¡Oh, Señor...! Rezaremos por aquella pobre gente.

—Estupendo. Así les caerá el pan del cielo. Aunque mejor sería que les cayera vodka, porque ya se acercan los rigores del invierno.

—¡Ana María!

Desde mi ateísmo recalcitrante, el poder de la oración —en el que tanto confiaba mi tía— constituía un misterio para mí. ¿Por qué no hacían algo más práctico, alguna cosa que realmente resultara útil?

—¿Y Ezequiela? —me preguntó Juana en ese momento, cambiando de tema—. ¿Cómo está?

—Bien, bien, está muy bien. La he dejado en el salón viendo la tele.

—Dale recuerdos de mi parte.

—¡Tía..., por favor! —protesté—. Ya sabes que no quiere saber nada de ti, así que no me obligues a soportar de nuevo toda la retahíla de reproches que guarda en su corazón.

—¡Es la mujer más cabezota y tozuda que...!

—¡Mira quién fue a hablar! —exclamé, ocultando una sonrisa, pero mi tía me miró con amargura: el desprecio de Ezequiela le quemaba como un hierro candente.

Mientras avanzábamos hacia el interior, una al lado de la otra, le eché una larga ojeada a hurtadillas: seguía tan guapa como siempre, con ese brillo azulino en los ojos que contrariaba el gesto adusto de su cara y su ceño eternamente fruncido. En realidad, era una buena persona, mejor de lo que a ella misma le gustaba reconocer, y sentía una marcada debilidad por su sobrina favorita (y única); o sea, por mí. A pesar de todo, el instinto de supervivencia me recordó de pronto que con Juana no convenía dejarse arrastrar por los sentimientos, ya que sólo había dos razones por las cuales podía haber requerido de aquel modo mi presencia: o quería dinero o quería mucho dinero.

El monasterio y la comunidad se sostenían con los ingresos procedentes de las actividades empresariales que Juana había puesto en marcha durante los últimos años. Por ejemplo, las monjas más ancianas cosían chándales y monos de trabajo para las fábricas de la provincia, las cocineras hacían dulces y yemas de Santa Teresa que vendían a precio de oro en una tiendecilla instalada junto a la puerta del santuario, y las más jóvenes habían hecho cursos de encuadernación y realizaban trabajos para imprentas y para algunos ricos particulares; había, incluso, una novicia que, previo pago contante y sonante, diseñaba páginas de Internet para los organismos e instituciones de la Iglesia y del Patrimonio Nacional. Todo era válido para mi tía mientras diese dinero. Sin embargo, ni implantando entre sus monjas la producción a destajo, como habría sido su gusto, hubiera podido reunir los muchos millones que necesitaba para costear los interminables trabajos de restauración que mantenían en pie aquel viejo monasterio del siglo XII.

—¿Qué se ha estropeado esta vez, tía? —pregunté mientras cruzábamos el claustro hexagonal y nos encaminábamos hacia la sala capitular y el archivo.

—¡No seas tan impaciente!

Sonreí. A Juana le gustaba mantener los secretos.

—Antes tengo que pasar un momento por el calabozo —comenté, y me detuve en seco junto a una de las columnas dobles del claustro, asiendo con la mano la bolsa que llevaba colgada al hombro.

Mi tía asintió con la cabeza.

—Lo suponía.

Una de las secciones más antiguas del convento, aquella que durante ocho siglos había albergado las celdas de las monjas, dejó de estar habitable poco después de la llegada de Juana al cenobio. La madre superiora de aquel entonces decidió clausurarla y trasladar las habitaciones de las hermanas a la parte oriental, pero en cuanto la buena mujer pasó a mejor vida y Juana fue elegida en su lugar, mi tía abrió de nuevo aquellas medievales dependencias, les dio un rápido lavado de cara (un refuerzo por aquí, un nuevo muro por allá, una mano de encalado y otra de pintura) y abrió un negocio ilegal de guardamuebles. Que yo supiera, casi todas las familias de Ávila tenían alquilada alguna vieja celda en la que, por un módico precio al mes (cuatro mil pesetas la habitación pequeña y siete mil la grande), guardaban toda clase de cachivaches y enseres pasados de moda. La hija de una vieja amiga de mi tía, esposa de un militar que cambiaba de destino con cierta frecuencia, tenía tres celdas reservadas de manera permanente.

Cuando yo era pequeña, por un lógico error de polisemia, creía que las celdas eran calabozos donde encerraban a las monjas por la noche, así que mi padre le dio este nombre a la que él utilizaba para ocultar ciertos objetos que no podía conservar en el almacén de la finca ni en la trastienda del comercio, por si a la policía le daba por hacer alguna visita inesperada.

—¿Tuviste algún problema con el trabajo? —me preguntó con maternal inquietud mientras hacía girar la gruesa llave de hierro en la cerradura.

—Ninguno —respondí empujando la puerta, que gimió—. Todo salió como estaba planeado. Como siempre.

—Alabado sea Dios.

Una vaharada de aire rancio y viciado arremetió contra mi olfato cuando me introduje en aquella gran estancia que, durante siglos y hasta la llegada de las redentoristas filipenses, había sido la celda de las madres abadesas bernardas, y que ahora servía de zulo y madriguera a la familia Galdeano. Unas entrañables formas gibosas, cubiertas por lienzos polvorientos y mal iluminadas por la luz de un ventanuco enrejado, me dieron la cordial bienvenida, y un cálido sentimiento de orden, de que todo volvía a estar como debía y de que yo me encontraba en el lugar correcto me calentó el corazón. Muchos años atrás, cuando era niña, mi padre me dejaba jugar allí mientras él y Roi (que entonces no se llamaba Roi sino Philibert, príncipe Philibert de Malgaigne-Denonvilliers) trabajaban durante horas ordenando y catalogando la selección de piezas que, por alguna razón desconocida, no iba a parar al almacén de la finca como el resto del material que llegaba en camiones desde distintos puntos de España (crucifijos románicos, retablos góticos, imágenes de santos y vírgenes, columnas de marfil policromado, coronas engastadas de piedras preciosas, cálices de oro y plata, códices miniados, muebles, tapices y un largo etcétera de valiosísimas antigüedades).

No necesitaba apartar los lienzos para reconocer de memoria la mayoría de aquellos preciosos objetos. Muchos de los que ya no estaban habían ido a parar, con el tiempo, a las casas, castillos y palacios de los más ricos coleccionistas de arte del mundo, donde, felizmente, ocupaban lugares de privilegio. En los años sesenta y setenta, España estaba mucho más preocupada por la llegada de turistas a las playas de Benidorm y Marbella que por su patrimonio histórico y cultural, y la entidad más indiferente al valor secular de sus propiedades era la Iglesia católica que, utilizando a los gitanos como intermediarios, vendía por una miseria sus obras de arte.

Al principio, el negocio de mi padre era totalmente legal. Desde siempre había sido un enamorado de la belleza y ese amor le llevó a viajar por todo el mundo comprando antigüedades y coleccionando pinturas de artistas flamencos del siglo XVII. Poco después de su boda con mi madre, el patrimonio familiar (obtenido con la construcción de los primeros ferrocarriles durante el reinado de Isabel II) se agotó de manera definitiva, y mi padre pensó que, como de todos modos tenía que ponerse a trabajar y en España no había buenos anticuarios, sería una idea excelente establecer por su cuenta un negocio tan ajustado a sus gustos.

En aquellos tiempos España era un filón inagotable de obras de arte. «¡El país entero está lleno de joyas que nadie cuida ni valora!», gritaba escandalizado cuando volvía de alguno de sus numerosos viajes por Galicia, Asturias, Castilla, Navarra o Cataluña. Todo lo que compraba a los curas y a los obispos a través de los gitanos, lo vendía inmediatamente por sumas astronómicas y, no obstante, cuando los camiones llegaban cargados a la finca, había decenas de anticuarios, marchantes y coleccionistas esperando ávidamente para adquirir el material al precio que fuera. Uno de aquellos primeros coleccionistas fue el príncipe Philibert de Malgaigne-Denonvilliers, un aristócrata francés que vivía en un castillo-fortaleza situado en el corazón del valle del Loira y que terminó convirtiéndose en el mejor amigo de mi padre. Philibert de Malgaigne-Denonvilliers —o, lo que es lo mismo, Roi— fue quien le introdujo en el Grupo de Ajedrez.

—¿Te falta mucho...? —me preguntó Juana, de pronto, desde el otro lado de la puerta. Mi tía jamás entraba en el calabozo; era su particular manera de *no saber nada*.

Descolgué de mi hombro la bolsa de cuero y la apoyé blandamente sobre una tabla. Con sumo cuidado deshice los nudos que la cerraban y tiré de los lados hasta dejar al descubierto un hermosísimo icono ruso del siglo XVIII. Mis manos, que lo habían sujetado y manipulado con fría precisión mientras lo descolgaban del iconostasio de la pequeña iglesia ortodoxa de San Demetrio, lo acariciaron ahora con mimo y ternura como si fuera un delicado gatito recién nacido. Una Virgen y un Niño de rostros estilizados y hieráticos me contemplaron en silencio desde la distancia de sus más de doscientos años de vida. El monje que los había pintado lo había hecho respondiendo a unos procedimientos que habían permanecido inalterados a lo largo de los siglos: pintar un icono no era, ni mucho menos, lo mismo que pintar un cuadro religioso al estilo de Zurbarán o Murillo; para un monje ortodoxo, pintar un icono representaba un momento sagrado de su vida que empezaba por la oración y el ayuno previos a la preparación de las colas y los pigmentos. Por tradición, todos los colores tenían una significación estricta: el azul representaba la trascendencia; el amarillo y el oro, la gloria, y el blanco, la majestad. Antes de emplear el blanco, por ejemplo, el monje debía pasar largas horas de rezos y penitencias, igual que antes de empezar a pintar los rostros, las manos y los pies, que eran las zonas más importantes del icono, las no cubiertas por vestiduras y que hacían que la imagen fuese realmente sagrada. De hecho, a partir del siglo IX (y la imagen que yo tenía delante no era una excepción), se extendió masivamente en Rusia la costumbre de cubrir con un revestimiento de oro o plata, llamado *Rizza*, la totalidad de la obra a excepción de esas partes del cuerpo, que debían quedar al aire.

La brusca interrupción de la producción de iconos en 1921, prohibidos por un edicto de Lenin, no había hecho otra cosa que despertar la insaciabilidad de los coleccionistas de estas joyas del arte. Y para uno de ellos había robado yo aquella maravilla salvada de la destrucción definitiva gracias a la *perestroika*. El comprador, un discreto multimillonario francés, había ofrecido quinientos mil dólares por la pieza y, considerando el poco riesgo que entrañaba la operación, el Grupo de Ajedrez había aceptado el trabajo, que, como siempre, se llevó a cabo con meticulosidad. En estos momentos, una exquisita y perfecta réplica del icono que yo tenía entre las manos colgaba tranquilamente en el iconostasio de la pequeña iglesia de San Demetrio, en San Petersburgo, impidiendo que nadie se percatase del hurto durante los próximos cien años. Donna, como era habitual en ella, había llevado a cabo un excelente trabajo de falsificación.

—¿Te falta mucho, Ana María? —volvió a preguntar mi tía con tono impaciente.

—No —respondí dejando el icono en un rincón, bajo un paño limpio, y recogiendo mis bártulos apresuradamente.

Eché una última mirada a la celda y salí de ella sacudiéndome el polvo de las manos en los vaqueros. Juana cerró la puerta, echó la llave y se encaminó con premura hacia al claustro.

—Vamos, que todavía tenemos mucho que hacer.

La comunidad en pleno nos esperaba en la puerta del viejo *scriptorium* que ahora cumplía las funciones de archivo de documentos históricos. En la actualidad, las monjas desarrollaban sus labores en una zona cercana a las cocinas y, salvo cronistas y estudiosos autorizados por el obispado, nadie accedía ya a aquellas antiguas dependencias como no fuera para limpiar. Mi tía me indicó con un gesto que entrara y con otro dejó fuera a las hermanas que manifestaron su desilusión con un lamento ahogado.

—Mira allí, sobre las estanterías de los documentos de los siglos XIV y XV.

Seguí con los ojos la dirección que señalaba su índice y distinguí en el artesonado del techo una enorme grieta astillada que dejaba al descubierto la piedra.

—¿Qué ha pasado?

—Carcoma y vejez —repuso lacónicamente mi tía—. Se veía venir desde hacía tiempo. Ya te lo dije en Navidad, ¿recuerdas?, pero no me hiciste caso.

Agité la cabeza en sentido negativo y la miré directamente a los ojos.

—En Navidad, querida tía, me pediste dinero para reparar las canalizaciones de agua de los jardines, y recuerdo haberte dado cinco millones el día de Reyes, y otros cinco en junio, cuando me advertiste del inminente derrumbamiento del muro del huerto.

—Pues ahora necesito un poco más. Reparar el

artesonado requiere una delicada tarea de restauración, sin contar con los costes de acabar para siempre con la carcoma.

Por un segundo no supe si echarme a reír o si soltar un grito.

—¡Escúchame bien! —protesté, encarándome con mi insaciable tía—. En lo que va de año te he dado diez millones de pesetas. ¡Creo que ya es suficiente! El año pasado fueron siete, y el anterior ni me acuerdo. ¿Por qué no le pides el dinero a la Junta de Castilla y León o a tu maldito Episcopado?

—Ya se lo he pedido... —respondió con suavidad.

—¿Y...? —Sinceramente, estaba sublevada.

—La próxima semana vendrán los peritos del ministerio y, con mucha suerte, podremos empezar las obras dentro de un par de años. Te recuerdo que en España hay más de cuarenta mil inmuebles de la Iglesia en peores condiciones que éste, que está catalogado como de riesgo moderado. Para cuando nos lleguen las ayudas, toda la madera de este archivo se habrá convertido en serrín. Lo que yo te propongo es que sigas desgravando impuestos por tus generosas aportaciones al monasterio como vienes haciendo hasta ahora.

Contuve mi ira y bajé la cabeza hasta que el pelo me sirvió de cortina protectora para mascullar a escondidas unas cuantas abominaciones.

—¿Cuánto? —pregunté por fin.

—Ocho.

—¡Qué!

Mi grito alarmó a las hermanas que se encontraban en la puerta y una de ellas se asomó discretamente; la mirada asesina de mi tía la animó a esfumarse a la velocidad del rayo. Las monjas sabían que mi bolsillo financiaba la restauración del monasterio, aunque estaban convencidas de que era por pura generosidad y por amor a mi única tía. Craso error: aquella arpía había estado extorsionando a mi padre durante años y ahora me extorsionaba sin piedad a mí.

—Ocho millones, Ana María, y ni un duro menos.

—¡Pero, tía...!

—No hay peros que valgan. O pagas, o mañana mismo llamo a los del grupo de patrimonio artístico de la Guardia Civil para que vengan a visitar el calabozo.

—¡Canalla!

—¿Qué has dicho? —preguntó entre indignada y dolorida.

—He dicho que eres una canalla, tía, y lo mantengo.

Durante un segundo, Juana se quedó en suspenso, mirándome, supongo que no sabiendo bien cómo responder a mi insulto. Luego, con el instinto del político que sabe encajar los golpes diplomáticamente, dejó escapar una ruidosa carcajada.

—¡Me acojo a la garantía espiritual de que quien roba a un ladrón tiene cien años de perdón! Confío, incluso, en negociar con Dios una ampliación de este vencimiento.

Sonriendo, y muy segura de sí misma, salió del archivo dejándome allí con cara de imbécil. Era igualita que mi padre, me dije rabiosa. Igualita.

Al día siguiente, que amaneció nublado y lluvioso, pasé la mañana en la tienda comprobando facturas y atendiendo a los clientes. Tenía sobre la mesa varias cartas de compradores habituales solicitando información acerca de algunos artículos de mi catálogo y dos o tres avisos de subastas de Sotheby's y de Christie's que iban a celebrarse en Londres y Nueva York durante los próximos meses. La perspectiva de pasar un largo período sin «trabajos especiales» (por lo menos hasta diciembre, en que tendría que organizar la entrega del icono) me resultaba atractiva y estimulante y estuve pensando seriamente en la idea de apuntarme a un gimnasio o de matricularme en algún centro de idiomas para mejorar mi horrible alemán y empezar con el ruso.

La fachada principal de mi tienda era el resultado de un largo y costoso estudio de imagen realizado por mi padre allá por los años setenta. Lejos de dejarse llevar por la apariencia adusta y aburrida que impera en esta clase de establecimientos, mi padre pintó la fachada de un color verde muy claro, salpicado de azulejos y coronado por unas grandes letras doradas. Sin duda, puede resultar un tanto estridente para un negocio como el nuestro, pero, por increíble que parezca, no quedaba mal aquel frontis abierto por dos grandes escaparates, separados entre sí por una elegante puerta italiana de madera (también pintada de verde, aunque más oscuro), a la que se accedía subiendo tres escalones que salvaban la distinta elevación del suelo provocada por la inclinación de la calle.

El mayor atractivo de Antigüedades Galdeano estaba constituido por nuestras colecciones de grabados antiguos de los siglos XVII, XVIII y XIX, tanto en color como en blanco y negro, y nuestro impresionante surtido de espejos españoles de los siglos XVII y XVIII. Pero ofrecíamos también la mejor exposición de muebles, bargueños, pintura, plata y cerámica del norte de España. Siempre habíamos intentado diferenciar lo más posible la oferta de la tienda de la oferta del calabozo: un anticuario especializado en la venta de bargueños del XVIII difícilmente sabrá algo de tallas policromadas góticas del XIV.

Nuestros clientes eran expertos y exigentes, y, mayoritariamente, compraban a través de intermediarios a sueldo. De ahí que una de las mayores preocupaciones de mi padre fuera siempre la exquisita elaboración de nuestros catálogos, tarea que yo había heredado y que, recientemente, había asumido en su totalidad, realizando el diseño y la maquetación con el ordenador. Las fotografías, por supuesto, las encargaba a uno de los principales estudios profesionales de Madrid y la reproducción —en tiradas de quinientos o mil ejemplares— a Martí B. Gráficas, S.A., de Valencia; los mejores, sin duda, en su especialidad.

A mediodía, cuando entré en casa, unos aromas exquisitos a sopa de ajo y chuletón de ternera hicieron rugir mis jugos gástricos. Con el último trabajo había perdido tres kilos de mis ya escasas reservas calóricas. Mi delgadez, al margen de ser una herencia familiar y tan exagerada como poco atractiva, traía de cabeza a Ezequiela, que se empeñaba en prepararme banquetes pantagruélicos, dignos de un luchador de sumo.

—¿Ya está la comida? —pregunté a gritos desde la entrada.

—Falta un poco todavía —me respondió Ezequiela.

Fruncí el ceño, desilusionada, y me encaminé hacia el despacho. Si toda la tecnología moderna que me podía permitir en la tienda era la luz eléctrica y el sistema de alarma, por aquello de que los compradores de antigüedades suelen ser hostiles a cualquier cosa que huela a nuevo, en casa me desquitaba a gusto. Mientras con una mano pulsaba el mando a distancia del equipo de música y ponía en marcha el CD de Jarabe de Palo, con la otra, encendía mi estupendo ordenador y me dejaba caer en el sillón ergonómico lanzando por los aires los zapatos de tacón. Para relajarme, jugaría una partida de cartas contra la máquina antes de sentarme a la mesa. Era fantástico contemplar tantas luces parpadeantes y poder manipular tantos botones.

Todavía estaba desabrochándome la blusa y soltándome la falda cuando la pantalla que tenía delante se puso de un color rojo intenso y los altavoces emitieron un agudo pitido. El aparato estaba programado para conectarse automáticamente a Internet y revisar el buzón de correo electrónico. «Tiene un mensaje del Grupo de Ajedrez —empezó a repetir una voz mecánica—. Tiene un mensaje del Grupo de Ajedrez.»

—¡Oh, no! —exclamé descorazonada, mirando como una tonta el monitor—. ¡No quiero saber nada de nadie todavía!

¡Era muy pronto para que el Grupo se pusiera en contacto conmigo! Por regla general, después de realizar un trabajo —y del breve parte que yo enviaba a Roi anunciándole el resultado del mismo—, las comunicaciones se interrumpían durante algunas semanas y si, además, como era éste el caso, la pieza debía «dormir» unos meses en el calabozo, los contactos entre los miembros del Grupo se suspendían completamente para respetar las «vacaciones». Pero aquella pantalla roja y la voz machacona del ordenador no dejaban lugar a dudas.

El genio informático del Grupo era Läufer, el alemán, que había realizado todos los programas con los que trabajábamos y que mantenía actualizados los sistemas de codificación y cifrado que garantizaban la impermeabilidad de nuestras comunicaciones. Läufer era un antiguo *hacker* del famoso grupo Chaos Computer Club. Él fue quien rompió las protecciones del Centro de Investigaciones Espaciales de Los Álamos, California, y también de la agencia espacial europea EuroSpand, del Centro Europeo de Investigaciones Nucleares de Ginebra, del Instituto Max Planck de física nuclear y del laboratorio de biología nuclear de Heidelberg, entre otros. Pero, sin duda, su proeza más memorable fue la que llevó a cabo en mil novecientos ochenta y cinco, poco después de que un candoroso ejecutivo del Bundespost, el servicio de correos alemán, declarase que las medidas de seguridad informática de dicha entidad eran inexpugnables. Läufer recogió el desafío y, cierto día, un teléfono del Bundespost estuvo llamando automáticamente durante diez horas al Chaos Computer Club y colgando al obtener respuesta. El resultado fue una factura telefónica de ciento treinta y cinco mil marcos.

Läufer tuvo la suficiente inteligencia para abandonar el Chaos antes de ser descubierto y encarcelado por la policía (como sucedió con muchos de sus compañeros) y rehízo completamente su vida adentrándose en el selecto mundo de los objetos de arte, su segunda pasión. Sin abandonar los ordenadores, se entregó con entusiasmo al estudio y a la preparación profesional y, al cabo de unos cuantos años, se ganaba muy bien la vida dedicándose a la tasación y valoración de muebles, cerámicas, porcelanas, vidrio, plata, pintura, escultura, bronces, textiles y joyas, llegando a estar considerado, con el tiempo, como el mejor especialista en autentificación de piezas antiguas.

La combinación de sus dos habilidades, en las que, por su inteligencia y sensibilidad, era un verdadero maestro, le convirtieron en el candidato adecuado para cubrir la vacante dejada por el anterior Läufer y, aunque desconozco qué método utilizó Roi para ficharle, lo cierto es que formaba parte del Grupo de Ajedrez varios años antes que yo.

Entre disgustada y preocupada por la llegada de un mensaje, cargué el lector de correo electrónico y las letras comenzaron a surgir en la pantalla en forma de signos y dibujos totalmente ilegibles. Ni Champollion[1] con toda su ciencia hubiera conseguido descifrar aquella piedra de Rosetta. Al cabo

---

1. Jean François Champollion (1790-1832), arqueólogo francés y creador de la egiptología como disciplina contemporánea. A la edad de dieciséis años ya dominaba seis lenguas orientales. En 1821 empezó a descifrar los jeroglíficos egipcios de la piedra de Rosetta, trabajando en los caracteres jeroglíficos y hieráticos, con lo que proporcionó la clave para comprender el antiguo egipcio.

de pocos segundos, sin embargo, el algoritmo descodificador elaborado por Läufer había terminado su trabajo y aquel enjambre sin forma empezó a adquirir sentido ante mis ojos:

«IRC, #Chess, 16.00, pass: Golem. Roi.»

¡Mierda!

—¡Mierda, mierda! —grité levantándome del sillón con un brinco. El ruido alarmó a Ezequiela que entró rápidamente por la puerta secándose las manos con un paño de cocina.

Ezequiela era una anciana bajita, flaca y encorvada, de mirada perspicaz y con una cara surcada de arrugas que terminaba en una curiosa barbilla hundida y rosada. Desde hacía unos cuantos años venía acortándose las faldas para que no se notara que, con la edad, estaba disminuyendo de tamaño.

—¿Qué pasa?

—¡Roi otra vez! —exclamé mirándola desesperada.

Ella enarcó las cejas con un gesto que bien podía significar «¡Qué le vamos a hacer!» o «¡Aguántate por tonta!» y desapareció como había venido sacudiendo la cabeza con resignación, sin volver a ocuparse de mí.

—¡Maldita sea, otro trabajo no, no y no! —exclamé en el desierto de mi despacho.

Comí sin mucho apetito y apenas hice caso de la verborrea de Ezequiela que eligió precisamente ese momento para ponerme al tanto de los cotilleos de la ciudad. Entre bodas, bautizos, sepelios y divorcios acabé con el postre y bebí de un sorbo el café, sintiendo cómo una pereza infinita comenzaba a inyectarse dulcemente en los músculos de mi cuerpo: se acercaba el momento de la siesta pero, en lugar de dormir un par de horas en el sofá antes de volver a la tienda, tenía que mantenerme despierta para conectarme al IRC.[1] ¿No podría Roi haberme citado por la tarde o por la noche, cuando mi cerebro estaba en plenitud de facultades...? Pero no tenía otra alternativa: la disciplina y el funcionamiento riguroso eran cruciales para la seguridad, y si Roi me había citado a las cuatro de la tarde, a esa hora yo debía establecer comunicación pasara lo que pasara y costase lo que costase. En caso contrario, él desmantelaría el Grupo antes de una hora.

Así que a las cuatro menos cinco estaba sentada de nuevo frente al ordenador, con otra taza de café junto al teclado y un cigarrillo nervioso entre los dedos, conectando con mi servidor de Internet y cargando el programa para acceder al IRC. Una vez que el servidor me dio paso, entré en la red a través de Noruega, por Undernet-Oslo, y redireccioné por Toronto, Canadá, y luego por Auckland, Nueva Zelanda, cambiando de identificación para eludir posibles rastreos. Convenientemente camuflada, solicité una lista de canales abiertos y, en la interminable serie de nombres que aparecieron en mi pantalla por orden alfabético, encontré #Chess con facilidad. Pinchando dos veces sobre él con el botón izquierdo del ratón, entré en una sala blanca

1. El IRC (Internet Relay Chat) es una red de ámbito mundial en la cual existen cientos de canales, o chats, que actúan como lugares de encuentro virtuales, como ágoras o plazas públicas en las que personas de todo el mundo pueden encontrarse y hablar.

y vacía, en el centro de la cual un recuadro parpadeante me pedía la contraseña de acceso (el *password* o *pass*). Tecleé «Golem», pulsé intro, y la imagen cambió: la sala blanca y vacía se llenó de líneas de colores que ascendían por mi pantalla con mensajes de bienvenida en los seis idiomas de los integrantes del Grupo de Ajedrez: en francés por Roi —el Rey—, que ya estaba presente, en italiano por Donna —la Dama—, en alemán por Läufer —el Alfil—, en inglés por Rook —la Torre—, en portugués por Cavalo —el Caballo— y en español por mí, Ana... el humilde Peón.

—Hola, Peón.

—Hola, Roi —escribí velozmente en francés.

—Te habrá sorprendido esta reunión urgente...

—Puedes apostar lo que quieras a que sí.

En ese momento entró Cavalo en el canal.

—Hola a todos —escribió en inglés.

—Hola, Cavalo.

Volvieron a pitar mis altavoces. Donna y Rook hicieron su entrada, uno detrás de la otra.

—Saludos a todos —dijo Donna.

—Lo mismo —añadió Rook—. Veo que sólo falta Läufer.

—Para variar —dijo Cavalo.

—No tardará. En cuanto llegue os explicaré por qué os he convocado de esta forma tan inusual.

—Espero que valga la pena, Roi, porque tenía una comida de trabajo importantísima en Nápoles y la he cancelado por culpa de tu *e-mail* —escribió Donna con evidente mal humor. Donna, o mejor, Julia Volontieri, era la importante propietaria de una empresa de conservación y restauración de arte y antigüedades especializada en el desarrollo de proyectos para las administraciones públicas italianas y para el Vaticano. El personal a su servicio, experto en la restauración de retablos, esculturas policromadas, tablas y lienzos, se formaba en el taller-escuela de la propia Julia, en cuyos laboratorios de Roma se llevaban a cabo, utilizando las más complejas y modernas tecnologías, las falsificaciones utilizadas por el Grupo de Ajedrez para encubrir los robos. Nunca había tenido ocasión de tratarla en persona, pero Roi aseguraba que, incluso a los cincuenta años, era una de las mujeres más atractivas y fascinantes que había conocido en su vida.

—Todos teníamos cosas importantes que hacer, Donna —dije yo recordando mi siesta.

—Querida Donna —apuntó Cavalo con evidente sorna—, tú siempre tan ocupada y tan diligente.

—Y tú, mi estimado Cavalo —le respondió ella—, siempre tan amable.

Cavalo, cuyo verdadero nombre era José da Costa-Reis, era el propietario de una importante *ourivesaria* en la elegante rua Passos Manuel de Oporto, fundada por su abuelo poco después de la Segunda Guerra Mundial. Su padre —el primer Cavalo—, joyero también y restaurador de relojes y joyas antiguas, fundó, por afición, el Grupo de Xadrez do Porto y, cuando Roi y él decidieron unirse para llevar a cabo ciertas actividades no demasiado limpias, éste fue el nombre que les pareció más oportuno para encubrirlas. El padre de José murió casi al mismo tiempo que el mío, también de un ataque al corazón, y ambos heredamos simultáneamente tanto los negocios familiares como las posiciones en el Grupo.

—¡HOLA A TODOS!

El genio informático acababa de hacer su entrada en el canal y, para que a nadie le pasara inadvertido tal acontecimiento, Läufer, además de utilizar las mayúsculas (equivalente a los gritos en cualquier conversación hablada), hizo correr por nuestras pantallas una serie de dibujos a todo color en los que se veían caras sonrientes, dragones humeantes, flores y algún que otro desnudo femenino de corte moderado; la experiencia le había demostrado que Donna y yo podíamos montar en cólera si se pasaba con sus exhibiciones machistas. Las tonterías de Läufer siempre eran coreadas por el bobo de Rook, y los dos juntos podían llegar a resultar, a veces, insoportables.

—¡Ya era hora, muchacho! —escribió su compinche en tono alegre.

—¡HEY, ROOK! ¿CÓMO VAN ESAS FINANZAS?

—Por favor, Läufer, utiliza las minúsculas —pidió Roi.

—NO PUEDO, TENGO EL TECLADO ESTROPEADO.

—Siempre pone la misma excusa...

—NO SÉ POR QUÉ DICES ESO, DONNA.

—¿Será porque te amo?

—¡LO SABÍA, LO SABÍA! ¡HEY, ROOK! ¿QUÉ TE PARECE, AMIGO?

—Läufer, por favor —interrumpió Roi—. Tenemos trabajo.

—ESTÁ BIEN. ME CALLARÉ.

—Roi, empieza ya porque el tiempo corre

—atajé para impedir la más que probable respuesta desagradable de Donna.

—Tenemos una oferta interesante —empezó Roi. Afortunadamente, su velocidad escribiendo con el ordenador era comparable a la de una buena taquimeca—. Muy interesante, diría yo, y por eso os he convocado. A través de los cauces habituales, un coleccionista llamado Vladimir Melentiev nos ha pedido que recuperemos un lienzo del pintor ruso Ilia Krilov que se encuentra actualmente en Alemania. La obra está valorada en unos treinta y cinco mil dólares y él está dispuesto a pagar el precio que pidamos por obtenerla. Sea cual sea, me ha insistido.

—¿Lo que le pidamos? —se interesó Rook, que era el economista del Grupo.

—Te aseguro que no va a regatear ni a discutir la suma.

—Eso me huele mal... —apuntó Cavalo—. Rook, saca las cuentas. Si no me equivoco, a ese tal Vladimir le va a costar mucho más caro patrocinar esta operación que comprar el cuadro.

—El propietario no quiere venderlo.

—A ver... Déjame calcular. Al cambio actual de divisas, treinta y cinco mil dólares norteamericanos son, aproximadamente... veintiuna mil libras inglesas, cincuenta y nueve mil marcos alemanes, ciento noventa y siete mil francos franceses, cincuenta y ocho millones de liras italianas, unos seis millones de escudos portugueses y unos cinco millones de pesetas españolas... Me parece que Krilov es un pintor escasamente cotizado en el mercado.

—No sé nada acerca de él —manifestó Donna—. Debe ser posterior a mil ochocientos.

—En efecto, es de finales del XIX y principios del XX —informé yo—. Lo sé porque, preparando mi último viaje, leí en alguna parte que Krilov había empezado su carrera como pintor de iconos y que la mayor parte de su obra o, al menos, la más famosa, se encuentra en el Museo Estatal Ruso de San Petersburgo.

—ATENCIÓN —gritó Läufer—. SEGÚN LAS BASES DE DATOS DISPONIBLES EN LA RED, ILIA YEFIMOVICH KRILOV (1844-1930) ESTÁ CONSIDERADO COMO EL PINTOR REALISTA MÁS EXTRAORDINARIO DE SU GENERACIÓN. NACIÓ EN CHUGUYEV Y ESTUDIÓ EN LA ACADEMIA DE SAN PETERSBURGO. BUEN DIBUJANTE Y HÁBIL COLORISTA, FUE CONOCIDO SOBRE TODO POR LOS CONTENIDOS TEMÁTICOS DE SUS OBRAS.

—Läufer, por favor —intercaló Roi, aprovechando una pausa del gritón—, escribe en minúsculas.

—NO PUEDO, YA TE LO HE DICHO... SIGO: SUS ESCENAS DE GENTE CORRIENTE, PROFUNDAMENTE CONMOVEDORAS, SIGNIFICARON UNA POSTURA CRÍTICA CONTRA EL RÉGIMEN ZARISTA. SUS *BARQUEROS DEL VETLUGA* (1870, MUSEO ESTATAL RUSO, SAN PETERSBURGO), EN LOS QUE SE MUESTRA A LOS BATELEROS ENJAEZADOS JUNTOS COMO BESTIAS DE CARGA, LE HICIERON FAMOSO. CONTINUÓ PINTANDO GRANDES TEMAS HISTÓRICOS, ASÍ COMO RETRATOS MEDITABUNDOS DE COMPOSITORES Y ESCRITORES RUSOS. SU OBRA SE CONVIRTIÓ EN EL MODELO A SEGUIR POR LA PINTURA DEL REALISMO SOCIAL SOVIÉTICO DE MEDIADOS DEL SIGLO XX.

—*Per carità!* ¿Es que no hay nadie que pueda arreglarle el teclado?

Por toda respuesta, una rosa encarnada ascendió por la pantalla blanca exhibiendo un letrero que decía: PARA DONNA.

—La cuestión es la siguiente, damas y caballeros —continuó Roi, haciendo caso omiso de la discusión—: Melentiev quiere el cuadro titulado *Mujiks* pintado por Krilov en 1916, cuadro que, actualmente, obra en poder del industrial alemán Helmut Hubner.

—¿Hubner...? —preguntó Rook—. ¿El de las galletas Hubner...?

—Efectivamente, el de las galletas, panes y pasteles Hubner.

—¡Ese tío es uno de los hombres más ricos de Alemania! ¿No es verdad, Läufer? Sus empresas y filiales cotizan en las principales bolsas europeas y, según la revista *Forbes,* su fortuna personal se calcula en varios cientos de millones de dólares.

Siguiendo con su método de respuesta, Läufer hizo sonar en nuestros altavoces la conocida musiquilla de los anuncios televisivos de la marca de galletas.

—YO TRABAJÉ PARA ÉL EN UNA OCASIÓN. HICE UNA VALORACIÓN NEGATIVA DE UNA PIEZA QUE DESEABA ADQUIRIR: UN JARRÓN DE CRISTAL DOBLADO, SUPUESTAMENTE PRODUCIDO POR LA COMPAGNIE DES CRISTALLERIES DE BACCARAT, QUE ERA, EN REALIDAD, UNA OBRA DE LA VIDRIERÍA DE SAINTE-ANNE.

—Pero la Vidriería de Sainte-Anne fue la antecesora de la Compagnie des Cristalleries de Baccarat... —se extrañó Roi—. ¿Por qué hiciste una valoración negativa si la pieza tenía una cotización muy superior?

—PORQUE ÉL SÓLO ESTABA INTERESADO EN LOS CRISTALES DE BACCARAT FABRICADOS POR LA COMPAGNIE DURANTE EL PERÍODO COMPRENDIDO ENTRE 1861 Y 1875. LO RECUERDO PERFECTAMENTE. ASÍ QUE, AUNQUE EL VALOR DE TASACIÓN DE LA OBRA ERA MUCHO MAYOR, LA VALORACIÓN TUVO QUE SER NEGATIVA.

—Así que estamos hablando de un coleccionista selecto —dijo Cavalo—. Un tipo que sabe lo que quiere y que debe poseer una apreciable cantidad de obras de arte cuidadosamente escogidas, entre las que se encuentra el lienzo de Krilov.

—Y que, por lo tanto, tendrá a buen recaudo todos sus tesoros —puntualicé yo, malhumorada. Si Roi era el organizador, Donna y Cavalo los falsificadores, Rook el blanqueador de dinero negro y Läufer el informático, yo, desgraciadamente, era la ejecutora material de los robos, la que se jugaba la piel en cada operación, el cuerpo ágil que saltaba ventanas, caminaba por tejados, escalaba muros y sorteaba sistemas de alarma.

—Tranquilo, Peón —me consoló Roi—. Todo el mundo hará, como siempre, un buen trabajo y sabrás perfectamente el terreno que pisas en cada momento.

—Nunca sé el terreno que piso en esos momentos.

—¡HUY, HUY, HUY! PEÓN ES UN LLORÓN.

—¡CÁLLATE, LÄUFER! ¡NO QUIERO VOLVER A VER UNA LÍNEA TUYA HASTA QUE YO TE LO PIDA! —gritó Roi, harto de las tonterías del antiguo *hacker*—. Lo siento, Peón, no volverá a ocurrir... Volvamos a nuestro asunto, por favor —intercaló varias líneas en blanco para dar un respiro y, luego, continuó—. Yo buscaré toda la documentación sobre el cuadro y Läufer investigará a Helmut Hubner. ¿Algún problema para hacer la copia, Donna?

—Ninguno, pero esta vez envíame las reproducciones en formato JPEG,[1] por favor, y utiliza compresión de alta calidad. Necesito hacer ampliaciones grandes y muy precisas. Y ya sabes: busca todo lo que puedas sobre el bastidor, los materiales y los usos y costumbres de Krilov a la hora de trabajar. También necesito la historia completa del lienzo (dónde ha estado, cuánto tiempo y en qué condiciones). ¡Ah! Y la del propio Krilov, con todos los detalles de su vida, incluso los más insignificantes.

—De eso podría encargarme yo —se ofreció Cavalo.

—Adjudicado —confirmó Roi—. Y tú, Donna, no te preocupes, lo tendrás todo dentro de tres días como máximo. Damas y caballeros, atención... Läufer, ¿tienes preparado el sonido?

Un redoble circense de tambor invadió mi despacho. Era curioso pensar que seis ordenadores distintos ubicados en otras tantas ciudades de países europeos emitían al unísono la misma fanfarria electrónica.

—Damas y caballeros, damos por iniciada en el día de hoy la Operación Krilov. Ya saben que, des-

---

1. Joint Photographic Experts Group (JPG o JPEG). Estándar internacional para las imágenes comprimidas, de gran utilización en Internet. JPEG es la mejor opción para transmitir por la red imágenes con amplios rangos de tonalidad, como fotografías o imágenes escaneadas.

de este momento, quedan interrumpidas todas las comunicaciones y encuentros personales entre ustedes. Cualquier aviso, intercambio o noticia deberá realizarse a través de mí, y siempre con el código del Grupo, la cifra privada individual de cada uno y la clave secreta que yo les daré y que tienen prohibido comunicar a los demás. Recuerden que atrapar al Grupo de Ajedrez es el sueño dorado de cualquier miembro de Interpol. Y no lo olviden: la máxima seguridad es la máxima ventaja. Si alguno cae, caemos todos.

Las siguientes jornadas las dediqué a poner en orden los asuntos administrativos de la tienda, a pagar lo que le debía a la mujer de la limpieza, a responder con abultada información las cartas de mis compradores por catálogo y a inscribirme en varias subastas para noviembre y diciembre. Por supuesto, me preocupé también de anunciar a bombo y platillo que me iría otra vez de viaje el día menos pensado...

Siempre he sido un ser bastante antisocial, pero me acercaba peligrosamente a esa edad en la que comienzas a plantearte quién cuidará de ti cuando seas vieja. Supongo que todo nuevo planteamiento empieza siempre por un sentimiento egoísta, y ese sentimiento egoísta me llevaba a echar de menos unos amigos que nunca tuve, unos hijos que probablemente jamás tendría y alguna que otra relación amorosa que durara algo más que un par de noches de hotel en cualquier lugar remoto del mundo. Incluso empezaba a desear una relación sexual en la que el sexo no lo fuera todo, como esas que salían en las películas románticas de la televisión. A los treinta y tres años, mi bagaje afectivo se reducía a mi tía, mi vieja criada y mi paternal amigo Roi, cada uno de los cuales había celebrado su cincuentenario a finales del siglo pasado. Pero ¿qué otra cosa podía permitirme llevando una vida tan descabellada como la mía...? Igual que en ocasiones anteriores, decidí que, en puertas de una nueva operación, no era el momento de ponerme a pensar estas cosas y arrinconé otra vez mi corazón esperando que llegara el día en que pudiera prestarle atención sin que interfiriera en mi forma de vida.

El jueves 10 de septiembre, por la tarde, empezaron a llegar los primeros informes remitidos por Roi y el viernes, después de cerrar, me enclaustré en el despacho dispuesta a pasar el fin de semana estudiando los detalles de la Operación Krilov. En realidad, el bienintencionado príncipe Philibert se limitaba a despacharme una copia de los archivos que recibía y de los que él mismo enviaba para que yo dispusiera de toda la información sobre el asunto, convencido de que eso me daba una gran tranquilidad. Lo cierto es que se equivocaba por completo. Era mucho más fácil, al menos desde mi punto de vista, perforar ficheros confidenciales o bases de datos secretas cómodamente sentado delante de un ordenador, que perpetrar físicamente el robo, jugándose el tipo en el sentido más literal de la palabra. Roi, sin embargo, siempre decía que, tal y como estaban comportándose últimamente las policías de todo el mundo, era mucho más fácil que pillaran antes a Läufer que a mí, pues la paranoia del delito informático había vuelto tontos a los otrora grandes investigadores del crimen. Nuestro auténtico enemigo, insistía siempre Roi, era el Grupo de Trabajo de Interpol para los Delitos Relacionados con la Tecnología de la Información, estrechamente vinculado con el peligroso, aunque más lejano, NIPC, el Centro Nacional de Protección de Infraestructuras, del FBI.

El domingo a última hora empecé a organizar mi parte del trabajo. Las fotografías de la pintura de Krilov llegaron a media tarde. Estudié cuidadosamente las imágenes y saqué varias impresiones de alta calidad para conocer mejor aquella obra meritoria aunque lejana a la genialidad: tres generaciones de pobres mujiks (un anciano, dos hombres de mediana edad y tres niños pequeños), sentados lóbregamente alrededor de una mesa miserable, miraban al espectador directamente a los ojos. El rostro del viejo evocaba el cansancio de la ruda realidad del campesino ruso de principios de siglo. Una marmita vacía hablaba del hambre, y un gato rechoncho, mucho mejor alimentado que la familia, de las ratas que debían poblar aquella humilde vivienda, apenas caldeada por un fuego tacaño que ardía a la derecha de la escena.

Según los datos, las dimensiones de la pintura eran de 1,13 × 1,59 metros, lo que implicaba, para mí, cierta incomodidad a la hora de trabajar. Presentaba la peculiaridad, además, de tener la tela sujeta al bastidor por unos curiosos clavos numerados producidos en Rusia a principios de siglo, clavos que Donna estaba intentando desesperadamente encontrar por si se me rompía alguno durante el proceso de desprender el lienzo para sustituirlo por la copia. Pero, al margen de estos dos pequeños detalles, la obra no hacía presagiar grandes problemas para su manipulación y falsificación: el examen pigmentográfico realizado con el microscopio electrónico había revelado que los colores utilizados por Krilov eran todos de producción industrial (el blanco, por ejemplo, era vulgar óxido de titanio), caracterizados por un grano de pequeñísimas dimensiones en comparación con el grano de los pigmentos antiguos, que se molían a mano y que, por lo tanto, presentaban un nivel muy alto de impurezas. El lienzo ni siquiera exhibía un suave craquelado en las zonas más cercanas al soporte, como es normal en las pinturas con ochenta o cien años de antigüedad, posiblemente porque, con arreglo a las notas enviadas por Cavalo, Krilov preparaba las telas utilizando una finísima imprimación blanca de yeso y cola, muy disuelta en agua para mantener la buena elasticidad de los tejidos fabricados en los telares mecánicos modernos.

En cuanto a la ubicación actual del cuadro, había que remitirse a los abultados, farragosos y estomagantes informes de Läufer, cuyo concepto de información útil estaba francamente distorsionado. Cualquier documento que contuviese, aunque fuera de pasada o como referencia, el apellido Hubner, había sido considerado digno de traspasar el filtro y de ser estudiado y, como no había contraseña ni protección en el mundo que se le resistiese, mi ordenador comenzó a llenarse de memorándums, notas internas, datos de producción de galletas y panes, listas de ejecutivos, facturación de filiales, expedientes de regulación de empleo, índices históricos bursátiles y un largo etcétera de cosas semejantes. A punto estuve de quedarme sin memoria en el disco duro por culpa de aquel idiota sin criterio. Pero, por fortuna, no hay mal que cien años dure y, poco después, Läufer anunció (a gritos) que había empezado a funcionar el *troyano* enviado por él al ordenador personal de Helmut Hubner. Se trataba, al parecer, de un sofisticado *back-orifice,* un programilla informático parecido a un virus, que le permitía el libre y secreto acceso a la máquina del magnate, siempre que ésta, claro, estuviera conectada. Y como Hubner no apagaba nunca su equipo, Läufer no encontró ningún problema para escudriñar los secretos más íntimos del coleccionista.

El cuadro de Krilov se encontraba en el castillo de Kunst, a orillas del lago Constanza, en el estado de Baden-Württemberg, al sudoeste de Alemania. Parte de la rica Pinakothek de Hubner había sido trasladada a las galerías de este castillo en 1985, una vez culminadas las impresionantes obras de rehabilitación emprendidas por el empresario para convertir este edificio defensivo del siglo XIV en una de sus residencias habituales. Al menos durante tres meses al año se le podía encontrar en Kunst, generalmente en abril, mayo y junio, y luego se trasladaba a su finca de Mallorca hasta la Navidad.

Läufer no tardó en enviarme una soberbia colección de fotografías del castillo hechas con un potente teleobjetivo desde puntos de observación diferentes. Lo primero que llamó mi atención fue que estaba construido *dentro* del lago y unido a tierra firme por un puente de madera de unos diez metros de largo. La idea del constructor medieval no había sido mala en absoluto, pues las aguas le servían de foso natural y el puente podía ser retirado o destruido en caso de asalto. La muralla de piedra, de planta hexagonal, estaba jalonada por dos atalayas y cuatro torres de flanqueo de bases gruesas y laterales curvos, salpicadas por estrechas aspilleras ojivales que dejaban pasar la luz al interior y que en su día permitieron los disparos de los arqueros. La altura del muro era de unos doce metros y culminaba en unas almenas que sobresalían al exterior para dificultar la escalada del enemigo.

Los planos técnicos me llegaron un poco más tarde porque Läufer tuvo ciertas dificultades para averiguar el nombre del arquitecto que había dirigido las obras de rehabilitación. En realidad, se habían respetado la forma y el aspecto primitivos de la fortaleza (sólo se habían añadido una pequeña piscina en la parte posterior y un aparcamiento para coches en torno al viejo pozo), realizándose las mayores reformas en el interior de la torre del homenaje, que había vuelto a ser, como en el pasado, la morada del castellano. De planta cuadrada y gruesos muros de tres metros de espesor, la torre tenía un sótano y cinco pisos, el primero de los cuales estaba destinado a la cocina y al personal de servicio; los tres siguientes eran la vivienda propiamente dicha, con sus aposentos, comedores y salas (había incluso una biblioteca y una capilla privada); y, por fin, en la última planta, se encontraba la pinacoteca de Hubner. La espiral de escaleras de piedra adosadas al muro había sido reforzada con un pequeño ascensor central que atravesaba los suelos de madera.

En cuanto al personal de servicio que trabajaba en Kunst, Läufer descubrió el pago de sus nóminas en una cuenta bancaria a nombre de una de las muchas empresas de Hubner. El señor y la señora Seitenberg, mayordomo y ama de llaves respectivamente, eran los encargados del castillo durante todo el año y tenían su hogar en la primera planta. Sus vecinos más cercanos eran dos enormes rottweilers cuya caseta estaba pegada al muro occidental. Además, todas las mañanas acudían desde el pueblo un viejo jardinero y una asistenta (cosa que Läufer pudo comprobar personalmente durante sus ratos de observación). Era de suponer que durante los tres meses anuales que Hubner residía allí, el número de criados aumentara, pero sus nóminas no aparecieron entre los gastos del castillo.

Un poco más difícil fue dar con la empresa encargada de montar el sistema de seguridad. Tras arduas investigaciones resultó ser la internacional White Knight Co., una vieja conocida cuyos métodos tradicionales de trabajo no me quitaron el sueño. Un par de días más tarde, Läufer disponía de la red de circuitos de alarma, incluidos modelos y series.

La historia del cuadro investigada por Roi resultó bastante más interesante. Por las referencias y notas encontradas en revistas especializadas, en libros de arte e historia y en las fichas científicas de algunos galeristas y coleccionistas amigos suyos, supimos que la obra, tras permanecer por más de veinte años en el Museo Estatal Ruso de Leningrado (actual San Petersburgo), fue robada y trasladada a la ciudad prusiana de Königsberg (actual Kaliningrado) en octubre de 1941, durante la invasión de la Unión Soviética por parte del ejército alemán. Los nazis habían constituido dos comandos de tropas especiales dedicados al saqueo sistemático de objetos de valor artístico: el Künstberg, a las órdenes de Joachim von Ribbentrop, ministro de Exteriores de Hitler, y el Rosenberg, a las órdenes de Alfred Rosenberg, ministro de los Territorios Ocupados del Este de Europa. Ambos comandos tenían la orden de poner «fuera de peligro» las obras de arte de los museos de Leningrado y Moscú, llevándolas, naturalmente, a Alemania.

En los primeros meses de 1945, cuando el Ejército Rojo cercaba Königsberg en uno de los combates más violentos de la Segunda Guerra Mundial, una expedición cargada con los tesoros robados abandonó aquella zona peligrosa con destino a Turingia, donde gobernaba el terrible *gauleiter*[1] Fritz Sauckel, responsable del campo de concentración de Buchenwald, en Weimar, y posteriormente condenado a muerte durante los juicios de Núremberg y ejecutado. Este antiguo ministro plenipotenciario del Reich declaró antes de morir que aquellas obras de arte recibidas en las postrimerías de la guerra habían salido de Weimar en abril de 1945 con destino a Suiza, extremo que nunca pudo ser confirmado porque jamás volvió a saberse nada de ellas.

1. Gobernador nazi de una región durante el Tercer Reich.

45

El dato curioso era que, veinte años después, el lienzo titulado *Mujiks,* del pintor ruso Ilia Krilov, aparecía sorprendentemente registrado en el modesto catálogo particular de un antiguo dirigente nazi reconvertido en respetable empresario panadero, un tal Helmut Hubner... ¿No era increíble? Desde Turingia (o desde Suiza), el cuadro había pasado a manos de Hubner a través de cauces desconocidos, aunque mucho más asombroso todavía resultaba el hecho de que el multimillonario fabricante de las galletas más famosas del mundo, y exquisito coleccionista de arte, era un antiguo nazi transformado.

Donna, con toda la información que necesitaba a su disposición, se puso manos a la obra y realizó un trabajo tan perfecto que despertó la admiración del Grupo. Recibimos dos fotografías escaneadas exactamente iguales y se nos pidió que diferenciáramos el original de la copia. Todos nos equivocamos menos Läufer, que reconoció haber tomado su decisión no sobre la base de sus conocimientos como especialista en la autentificación de piezas, sino echando una moneda al aire después de haberse bebido unas cuantas cervezas.

Donna había empezado su carrera como excelente pintora a la edad de veinte años y, al decir de la crítica en general, estaba dotada de unas magníficas dotes naturales para el dibujo y el color. Pero pronto descubrió que sólo era una aspirante más en medio de un océano de aspirantes y que jamás conseguiría un trono en el Olimpo de los grandes maestros. Con profunda amargura, se dio cuenta de que su nombre no cruzaría los siglos envuelto en una aureola de gloria: ya no quedaban capillas Sixtinas que pintar ni había papas-mecenas como Julio II o León X y, hasta para el trabajo más insignificante, los candidatos en oferta se contaban por miles. Así que cambió su rumbo hacia derroteros más provechosos y, siguiendo los pasos de su admirado Miguel Ángel Buonarroti, se encaminó hacia la falsificación de obras de arte. Miguel Ángel, según su amigo y biógrafo Giorgio Vasari, «también de magistral manera imitó dibujos de antiguos y afamados maestros; los teñía y envejecía con humo y otras materias primas, manchándolos de modo que pareciesen antiguos, haciendo que se confundiesen con los originales». En una ocasión, incluso, ya célebre y acomodado, preparó un *Cupido* para que pareciera encontrado en unas excavaciones y, haciéndolo pasar por antiguo, lo vendió a un cardenal por treinta ducados florentinos.

El viernes 25 de septiembre, a primera hora de la mañana, Cavalo embarcó en un avión de Alitalia con destino a Roma; comió con Donna en un elegante restaurante de la piazza Farnese y regresó a media tarde al aeropuerto de Fiumicino —llevando en bandolera un tubo portalienzos cargado con un rollo de láminas variadas y algunas reproducciones litografiadas de las vistas de Roma de Piranesi—, para tomar otro avión que le llevaría de regreso a Oporto. El sábado 26 lo dedicó a jugar al ajedrez, deporte al que era tan aficionado como su abuelo y su padre, y el domingo 27 salió de casa muy temprano para, al volante de su coche, cruzar la frontera con España por Fuentes de Oñoro y comer conmigo en la posada del pequeño pueblo medieval de San Martos del Castañedo, en Salamanca, a mitad de camino entre nuestras dos ciudades. Durante las cuatro horas largas que tardé en llegar hasta el lugar de la cita, permanecí atenta a las noticias sobre las elecciones generales que estaban teniendo lugar ese día en Alemania. Sentía mucha curiosidad por saber si Kohl sería de nuevo canciller o si, por el contrario, el socialdemócrata Schröder conseguiría quitarle el puesto y pactaría después con los Verdes para formar gobierno. Sería una maravilla, me dije, que Alemania fuera la primera potencia económica en renunciar a la energía nuclear. Eso tendría el efecto de un cataclismo en los cimientos de la industria atómica y quizá, de este modo, el mundo empezara a ser un lugar más limpio. ¿Tendrían tanta influencia los Verdes alemanes si ganaba Schröder? Lo deseé con todas mis fuerzas.

Aparqué mi BMW en la plazuela del pueblo y me colé por una estrecha callejuela que me llevó directamente a la posada. Aquel viejo edificio del siglo XVI, con la fachada a medio restaurar y cubierta de andamios, me producía siempre la misma sensación de estudiada ramplonería. El interior estaba decorado en el más puro estilo rústico-moderno, es decir, mucha cerámica de barro cocido, muchos tejidos de lino y algodón, mucha madera de pino y haya, muchas flores secas y mucho hierro forjado. Empujé el portalón y me topé de bruces con un escuálido personaje que se me quedó mirando fijamente con ojos de iluminado. Por experiencias anteriores sabía que no diría ni media palabra hasta que yo no tomara la iniciativa, así que le saludé amablemente y le pregunté por el señor José da Costa-Reis. Siguió mirándome un buen rato, sin parpadear y sin moverse, y luego se apartó de golpe para dejarme ver el comedor, al fondo del cual, José, sentado a la mesa y con una gran sonrisa en los labios, charlaba animadamente con una jovencita de unos doce o trece años, muy morena, muy flaca y con unos dientes enormes. Debía ser esa hija de la que siempre me hablaba cuando nos encontrábamos en aquella posada antes de cada trabajo. Solté un gruñido de desagrado por la inesperada comensal y me dirigí hacia ellos bajando resueltamente los tres escalones que separaban el vestíbulo del pequeño comedor.

Siempre me gustaba volver a ver a Cavalo. Para mí era uno de esos hombres tranquilos y exquisitamente educados al lado de los cuales puedes sentir que el mundo tiene sentido aunque en realidad no lo tenga. De ojos profundamente oscuros y alegres, alto y deportivo, siempre bien afeitado y bien peinado el espeso cabello gris, José era un hombre muy apetecible que, sin embargo, conforme a las normas del Grupo, no estaba a mi alcance.

—Estás preciosa, Ana —me dijo con ese castellano redondo y musical que utilizan los gallegos y los portugueses al hablar nuestro idioma. Luego me dio dos besos.

—Y tú también, José.

Exhibió una atractiva sonrisa infantil y retrocedió hasta sujetar con las manos el respaldo de una de las dos sillas libres, echándolo hacia atrás para ofrecerme asiento. La niña no me quitaba los ojos de encima.

—Ésta es Amalia, mi hija, la chica más guapa e inteligente del mundo. Amalia, ésta es Ana, Ana Galdeano.

—Hola, Amalia —masculló con un esfuerzo.

—Hola —respondió la niña, observándome como si tuviera rayos X en los ojos.

José se había separado de su esposa al poco de nacer Amalia. Como en Portugal no existía entonces el divorcio, ambos habían llegado a un acuerdo civilizado para que la niña creciera sin echar de menos a su padre. Los días que Amalia tenía que estar con José eran tan sagrados para éste, que era capaz de suspender un encuentro conmigo y posponer una operación del Grupo con tal de no perder ni un minuto del tiempo que debía pasar con su hija. Sin embargo, en esta ocasión, sin avisarme previamente, había traído a la niña consigo.

—¿Cómo llevas el negocio de Alemania? —quiso saber mientras se sentaba.

Estoy segura de haber exhibido una sonrisa estúpida y bobalicona. ¿Cómo se atrevía a hacerme esas preguntas delante de la niña? Hice acopio de aire y de sangre fría antes de responder.

—Ya lo tengo todo preparado. En cuanto me entregues el... diseño, volveré a casa y haré el equipaje.

José dirigió la mirada hacia una esquina del techo y la volvió a bajar rápidamente.

—¡Ah, el diseño! —exclamó—. ¡Pues es verdad! Nos lo hemos dejado olvidado en el coche, ¿verdad, Amalia?

—Sí, papá.

—Es que veníamos hablando y... Luego te lo doy,

antes de irnos. Hay que reconocer que Donna ha hecho un trabajo excepcional. Dentro del tubo tienes también una bolsita con dos clavos numerados.

—¡Ah, estupendo! —exclamé, sin poder borrar el espasmo de mi cara. ¿Se me quedaría así para siempre, deformándome hasta el día de mi muerte por culpa del inconsciente de Cavalo? En cuanto llegase a Ávila esa noche, hablaría seriamente con Roi.

—¿Cómo lo vas a hacer? —me preguntó mientras se encendía un cigarrillo y exhalaba el humo por la nariz y la boca al mismo tiempo. ¿Por qué demonios era tan atractivo? y, sobre todo, ¿por qué demonios me hacía preguntas tan comprometidas?

—Seguiré mi método habitual —repuse tragando un pedacito de pan tostado con paté—: el camino más corto, más seguro y más lógico. Siempre me ha dado buen resultado, ya lo sabes.

—No hay duda de que conoces muy bien tu trabajo. Sin embargo, te encuentro un poco fatigada —murmuró, examinándome con preocupación—. ¿No has descansado del viaje a Rusia?

—Me canso mucho en cada... negociación, pero me recupero pronto con los guisos de Ezequiela. Lo que pasa es que, esta vez, no he tenido tiempo. Ha sido todo muy rápido.

—En eso tienes razón —asintió, con gesto pesaroso. Amalia, mientras tanto, nos miraba alternativamente a uno y a otro, escuchando con sumo interés.

La conversación prosiguió en el mismo tono superficial y vano durante el resto de la comida, pero es que resultaba completamente imposible hablar de otras cosas delante de la niña. Jamás he conocido a un hombre más embobado con su hija que Cavalo. Aunque, pensándolo mejor, mi padre no le iba a la zaga: también él me había llevado a reuniones con Roi en las cuales se hablaba de cosas que yo no comprendía en absoluto. También mi padre había actuado conmigo como ahora lo hacía José con Amalia.

Terminado el almuerzo salimos de la posada y dimos un tranquilo paseo por el pueblo, completamente desierto a esas tempranas horas de la tarde. Parecíamos una pequeña familia realizando una excursión de fin de semana. Por fortuna, José había tenido la precaución de aparcar su coche lejos de las posibles miradas curiosas, en una zona deshabitada junto a un pequeño puente romano. Cuando llegamos, abrió el maletero y sacó el portalienzos, que depositó en mis manos como si se tratara de un hijo. Intercambiamos una mirada de inteligencia y yo me colgué el tubo en bandolera, tal y como lo llevaría en el momento de realizar la operación.

—Amalia y yo tenemos que pedirte un pequeño favor, Ana —me dijo Cavalo con cierta timidez.

—¿Amalia y tú...? Bien, pues vosotros diréis —repuse con una breve sonrisa.

—¿Te molestaría traernos un diminuto paquete desde Alemania? Es un encargo muy especial que le hice a Heinz —Heinz, Heinz Kemmler, era el nombre real de nuestro querido Läufer, con quien yo iba a tener el enorme placer de encontrarme esa misma semana.

—Claro que no me importa —exclamé sincera, y en ese mismo instante me arrepentí. ¿Y si era un paquete pesado o que llamaba mucho la atención? José leyó mi pensamiento.

—Se trata de un pequeño cachivache, muy ligero, que no te molestará en absoluto. Amalia y yo somos unos apasionados de los ingenios mecánicos antiguos. Tenemos una magnífica colección de juguetes animados: bailarinas, norias, payasos, animales... ¿Verdad, Amalia?

—Sí, papá.

—Le pedí a Heinz que comprara en mi nombre un Märklin de 1890 que salió a subasta hace algunas semanas en Bonn. ¡Una maravilla! ¡Una joya que no tiene precio! Se trata de una muñequita de hojalata, pintada a mano, que se desliza por una pista nevada.

Como buen joyero-relojero, José había heredado de su padre y de su abuelo el gusto por las maquinarias complicadas. Por lo que yo sabía, uno de sus pasatiempos predilectos, además del ajedrez, era la restauración de viejos relojes. Imaginarlo trabajando, concentrado, sobre un mecanismo basado en el perfecto funcionamiento y la sincronización de centenares de minúsculas piezas, alteraba notoriamente mis hormonas. Era uno de los hombres más inteligentes que había conocido en mi vida.

Amalia susurró unas palabras en portugués.

—¿Qué ha dicho? —pregunté, desconcertada.

—Ha dicho que funciona con un dispositivo de resorte.

Así pues, la hija había heredado la afición y, probablemente, la capacidad de tres generaciones de afamados relojeros. Empezaba a entender por

53

qué su padre había dicho que era la chica más lista del mundo.

José se había vuelto para mirar a su hija con gesto serio.

—¡Amalia, te dije que hablaras en castellano cuando estuviéramos con Ana!

—Lo siento —murmuró la niña con cara de fastidio.

—Habla perfectamente el castellano, pero le da vergüenza.

—Bueno, no pasa nada —concedí—. Y tranquilos: traeré vuestro juguete con sumo cuidado desde Alemania, os lo prometo. Ya me dirás, José, cómo quieres que te lo entregue.

—Gracias, Ana, te debo una. Que tengas mucha suerte. En serio. Y saluda de mi parte a ese tonto de Heinz —indicó alegremente, despidiéndose, el que pudo haber sido el hombre de mi vida. Luego, dando un suspiro, apoyó la mano en el hombro de Amalia y la empujó suavemente hacia el interior del vehículo. De repente me sentí bastante mayor y amargada.

«Nos pones innecesariamente en peligro, Ana —había exclamado el exigente príncipe Philibert durante su última visita a la finca, años atrás—. Deja de tontear con Cavalo cada vez que entramos en el IRC. ¿Acaso no hay más hombres en el mundo? Cuanto menores sean los contactos entre nosotros, más seguros estaremos.» Tanto me acobardó, que todavía me parecía estar viendo sus ojos grises, furibundos, cubiertos por las erizadas cejas blancas.

Los vi alejarse y proseguí yo sola el paseo hasta mi coche. Sola, me dije, ahora ya estaba sola por completo. La Operación Krilov era enteramente mía.

Por cierto, mientras cruzaba la muralla aquella tarde, la radio anunció la victoria del socialdemócrata Schröder y de sus aliados, los Verdes. Alemania comenzaba una nueva etapa en su ya larga y extraña historia.

El aeropuerto internacional de Zúrich, en Suiza, quedaba mucho más cerca de Baden-Württemberg que el aeropuerto de Stuttgart, capital del estado, así que Roi me había reservado vuelo en el avión que salía a las cuatro de la tarde de París-Orly con destino al centro financiero más próspero del mundo. Apenas una hora después estaba sentada en el espléndido Mercedes de Läufer, que corría a toda velocidad por la autopista N1 en dirección a Gossau y la frontera alemana.

Läufer —o Heinz— era la simbiosis perfecta de dos naturalezas contrapuestas, como si existieran dos hombres distintos dentro de él: uno, cercano a los cuarenta años, apuesto, encantador, responsable e inteligente, y otro, en plena adolescencia, gamberro, temerario y petrificado en una suerte de eterna y falsa juventud, con su greñuda melena rubia, su cazadora de cuero negro, sus deportivas viejas y sus vaqueros gastados. Hacía ostentación de riqueza en las cosas exteriores (el Mercedes-Benz, el móvil Iridium, el increíble ramo de flores que me entregó cuando descendí del avión, etc.), pero luego exhibía una profunda campechanía en sus gustos personales:

—*Möchten Sie etwas trinken?*[1] —le preguntó el camarero del bar en el que paramos a cenar apenas cruzada la frontera, ¡a las cinco y media de la tarde!

—*Ein Pils, bitte.*[2]

Y se bebió de un solo trago la enorme jarra de medio litro que le pusieron delante. Yo apenas pude con el amargo sabor de esa cerveza dorada y de espuma cremosa que tanto gusta a los camioneros alemanes.

—Debemos quedarnos aquí hasta las siete —dijo Heinz mirando su reloj—, para llegar a Friedrichshafen a las siete y media. ¿Necesitas alguna cosa de última hora? ¿Se te ha olvidado algo? ¿Quieres relajarte con marihuana?

—Lo que quiero es que te calmes tú —declaré sonriendo—. Acabarás por ponerme nerviosa de verdad. Repasemos tu parte, no sea cosa que me falles.

—¡Pero si mi parte sólo es recogerte cuando termines y volver a llevarte al aeropuerto!

—Bueno, pues repítelo sin parar para que no se te olvide.

Me reí mucho con Läufer durante la cena. Era, en el fondo, un genio solitario, un Peter Pan incomprendido. Parte de su encanto radicaba en que las impresiones se le reflejaban enseguida en el rostro y en que hablaba con entusiasmo, calor y espontaneidad. La verdad es que resultaba divertido para pasar un rato a su lado, un tiempo muerto como aquel antes de entrar en acción.

1. ¿Qué desea beber?
2. Una cerveza, por favor.

A las siete y media en punto cruzábamos las calles de Friedrichshafen, vacía y desolada como una ciudad fantasma. Ni bares, ni discotecas, ni paseantes nocturnos... Ni siquiera policías.

—Alemania no es España, Ana —me explicó Heinz con un leve matiz de disculpa—. Y Friedrichshafen no es Mallorca, ni Benidorm, ni Marbella.

—¡Pero es que no hay ni un solo coche aparte del nuestro!

—Bueno... aquí es lo normal a estas horas. En Stuttgart o en Múnich sí que verías gente por la calle. Pero éste es un pueblecito de gente trabajadora, de pescadores acostumbrados a madrugar.

Salimos de Friedrichshafen hacia el noroeste, siguiendo la carretera que ascendía serpenteando por un elevado montículo. Era una zona completamente boscosa y a mí me pareció un tanto siniestra a esas horas de la noche. Cuando llegamos a la cumbre, nos encontramos con un hermoso panorama del lago Constanza, sobre el que espejeaba una hermosa luna creciente y, a menos de quinientos metros, el contorno del bellísimo castillo de Kunst, totalmente dormido y apagado. Era impresionante. Toda una fortaleza medieval construida sobre un islote cercano a la ribera, unido a ésta por un largo puente que yo iba a atravesar velozmente al cabo de un minuto.

Läufer apagó los faros y, a oscuras, aparcó el coche tras unos árboles cercanos que lo ocultaban completamente de la carretera. Mi atemorizado compañero, poco habituado a este tipo de correrías nocturnas, me ayudó a sacar el pequeño equipaje del maletero y se quedó inmóvil, contemplándome, mientras yo llevaba a cabo los rápidos y habituales preparativos: me quité la chaqueta y la blusa, y luego los pantalones, quedándome sólo con una ajustada prenda de malla, ligera y flexible, sobre la que me puse un traje isotérmico de color negro como los que utilizan los marineros para mantener el calor del cuerpo en caso de naufragio en aguas frías. El traje, ceñido como una segunda piel, aunque extraordinariamente cómodo, me cubría todo el cuerpo, excepto las manos y la cabeza.

—Nunca me hubiera imaginado... —susurró entonces Läufer desde la oscuridad—. ¿Esto lo haces siempre, Ana? Quiero decir... ¿siempre te vistes igual y todo eso?

—Siempre —le respondí, recogiéndome cuidadosamente el pelo con un apretado gorro de goma negra—. El traje no sólo me protege del frío exterior sino que impide que el calor de mi cuerpo dispare los sensores de infrarrojos. Las personas emitimos una radiación térmica equivalente a la de una bombilla incandescente de unos quinientos vatios, ¿lo sabías? Si el cinturón de sensores de la muralla detecta cualquier emisión de calor en las almenas, las alarmas se dispararán y tú y yo acabaremos pasando la noche en la cárcel.

—Tu traje me parece precioso, Ana, de veras. No te lo quites.

Me puse un par de guantes de látex, me calcé las botas y anudé con firmeza los cordones. Läufer estaba muerto de curiosidad.

—Esas botas, ¿también son especiales?

—Son botas con suela de pie de gato, de caucho, muy útiles para escalar paredes verticales. Se aferran a los bordes, huecos y grietas como auténticas garras. Y, antes de que me lo preguntes, te diré que lo que me estoy poniendo en este momento en los oídos —y acompañé las palabras con los movimientos— son dos miniauriculares con amplificadores de sonido que me permiten escuchar el fuelle de tus pulmones como si fueras el primo del huracán *El Niño*. Sirven para que nadie pueda pillarme desprevenida y para controlar mis propios ruidos. Así que ahora, por favor, silencio. Métete en el coche y duérmete. Dentro de una hora estaré de vuelta.

Me ajusté en la cabeza, sobre el gorro, la correa de los intensificadores de luz —las gafas de visión nocturna— y los apoyé firmemente sobre el puente de la nariz. De pronto, el mundo se iluminó bajo un curioso y potente resplandor verde. ¡Incluso la pálida cara de Läufer!

—¿Y si no vuelves? —El pobre temblaba como un flan de gelatina.

—No te preocupes —dije cargando a la espalda la mochila con el equipo y el tubo portalienzos con la copia hecha por Donna—. Te despertarán las sirenas de los coches de la policía.

Crucé la carretera rápidamente y me detuve un segundo frente al puente de madera. Rogué a los dioses que no crujiera mucho bajo mi peso y, por suerte, los dioses me escucharon. Encogida sobre mí misma avancé despacito por él hasta alcanzar el islote y una vez allí caminé sigilosamente alrededor de la muralla hasta situarme en la parte posterior, en la pared oeste, la que daba al lago. Los amplificadores de sonido me indicaron que los perros todavía no habían detectado mi presencia. Su caseta quedaba justo al otro lado de la cortina del muro. Calculé bien mi posición, el ángulo de tiro, la fuerza y la altura, y, arrancando la anilla, lancé un bote de gas tranquilizante que dibujó un arco en el aire y desapareció tras las almenas. El bote chocó contra el suelo con un golpe seco y uno de los perros ladró, sobresaltado; al otro, probablemente, ni siquiera le dio tiempo de abrir los ojos: unas buenas dosis de cloracepato dipotásico y de cloruro de mivacurio le dejaron fuera de juego en décimas de segundo. No les pasaría nada; al día siguiente se despertarían contentos como cachorros después de un buen sueño.

Saqué de la mochila el rollo pequeño de cuerda, de trece metros de largo y sólo diez milímetros de grosor, y sujeté uno de los extremos con la abrazadera del arpón de tres puntas que debía engancharse al adarve de la muralla. Lo hice girar como las aspas de un molino, trazando un círculo cada vez mayor y, cuando tuvo el radio adecuado, lo disparé hacia arriba como si aspirara a ganar la medalla olímpica de lanzamiento de martillo. Tenía que ser muy precisa si no quería que el arpón cayera contra el suelo de la ronda, tras las almenas, y disparara la alarma. Pero salió bien y se enganchó en la cornisa a la primera. Coloqué entonces en la cuerda los dos puños de ascensión, rapidísimos y fuertes como bocas de lobo, y, agarrándome a las empuñaduras con firmeza, comencé a escalar la pared a toda velocidad. Cuando llegué arriba, me senté a horcajadas sobre el muro y busqué ávidamente con la mirada los abanicos de rayos infrarrojos que mis gafas me permitían desenmascarar. Allí estaban, relampagueando débilmente en la verdosa claridad. Ni si-

quiera cubrían por completo la distancia entre atalaya y atalaya. White Knight Co. volvía a darme
una gran alegría con su trabajo chapucero. ¿Cómo
se atrevían a cobrar las fortunas que cobraban por
semejantes instalaciones? Avancé a lo largo de la
muralla hasta llegar a la zona de sombra entre los
dos manojos de rayos y me dejé caer hasta el suelo
con toda tranquilidad. Enganché de nuevo el garfio
en sentido contrario y me deslicé suavemente por
la cuerda hasta la esponjosa hierba del antiguo y
magnífico patio de armas. Aquel terreno solitario y
silencioso que yo pisaba ahora subrepticiamente
había sido el escenario de los ejercicios militares,
duelos, torneos, juegos, justas y fiestas de una so-
ciedad y unas gentes desaparecidas para siempre.

Allí estaban mis dos feroces rottweilers de brillante pelo negro, pacíficamente dormidos como dos
angelitos. Recogí el bote de gas, lo metí dentro de una
bolsa con cierre hermético y lo guardé. No tenía
tiempo que perder, así que eché a correr hacia la torre
del homenaje mientras sacaba de la mochila la cuerda
de treinta metros, la diminuta ballesta femenina de
caza, de fabricación belga, adquirida años atrás por
mi padre en una subasta, y otro pequeño gancho de
acero de tres puntas. Preparé el material pegada
como una mancha a la piedra de la torre y, cuando estuvo todo listo, me alejé unos tres o cuatro metros,
tensé la cuerda del arco con la manivela, la ajusté al
fiador del tablero, coloqué el arpón, apunté hacia lo
alto del baluarte y disparé. Un suave silbido cortó el
aire, aunque a mí casi me dejó sorda por culpa de los
amplificadores. No hay instrumento más preciso,
mortal y silencioso que una hermosa ballesta de caza.

Escalé la pared del edificio y me encontré en una azotea cuadrada con suelo de hormigón y revestimiento de tela asfáltica en torno a la maquinaria del ascensor, el escape de humos, los tubos de aire, gas y calefacción y el cañón de la chimenea, todo muy poco medieval. Afortunadamente, ya no tenía que enfrentarme a más sistemas de seguridad, sólo colarme por la puerta de la azotea en el interior del edificio y entrar en la Pinakothek de Hubner. La puerta estaba provista de una sofisticada cerradura blindada con mecanismo antiganzúa y antitaladro. Esbocé una sonrisa maliciosa y respiré aliviada... Aunque no debía ser muy difícil, la verdad es que no tenía ni idea de cómo utilizar una ganzúa o un taladro para descerrajar una puerta, pero eso sí, sabía bastante respecto a llaves maestras, y buena prueba de ello era la magnífica llave de pistones, con muelles de bronce, que me había hecho fabricar por la empresa alemana Brühl Technik & Co., y que entró de maravilla por la bocallave, ajustándose a las guardas y descorriendo el pestillo.

Voilà! ¡El castillo de Kunst era todo mío!

Detrás de la puerta encontré unas relucientes escalerillas de madera pulimentada que terminaban en un amplio corredor decorado con alfombras, tapices españoles y espléndidos cristales de Baccarat y porcelanas de Sèvres entre los ventanales. Avancé de puntillas a pesar de saber que no había peligro de ser escuchada porque el mullido recubrimiento del suelo ahogaba mis pasos y porque el matrimonio Seitenberg dormía cuatro pisos más abajo. Al fondo, una puerta de roble labrado, que se deslizó sin hacer ruido, me dio acceso a la galería de pintura y, cuál no sería mi sorpresa al ver allí, colgando de las paredes y de los paneles dispuestos en hileras en el centro de la sala, la mayor parte de las obras robadas en los más importantes museos de Europa durante los últimos años: el paisaje inacabado *La cabaña de Jourdan,* de Cézanne, y los dos Van-Gogh, *La arlesiana* y *El jardinero,* sustraídos de la Galería de Arte Moderno de Roma; *Le chemin de Sèvres,* de Camille Corot, el *Autorretrato,* de Robert de Nanteuil, y el *Turpin* de Crissé, robados al Louvre; el *Falaises près de Dieppe,* de Monet, y el *Allée de peupliers de Moret,* de Alfred Sisley, hurtados recientemente en el Museo de Bellas Artes de Niza, así como un largo etcétera que despertó mi admiración y envidia. El Grupo de Ajedrez no era el único que se dedicaba a esta lucrativa tarea en Europa (incluyendo la cada vez más amplia Europa del Este), aunque había que reconocer que sí era el mejor en su forma de actuar, ya que, mientras los demás empleaban las armas para llevar a cabo los robos, nosotros utilizábamos la inteligencia. De modo, me dije con sorna, que Helmut Hubner, el honrado empresario, el filántropo de las galletas, el antiguo miembro del partido nazi, estaba detrás de aquellas sustracciones.

—¡Vaya, vaya! —susurré sin darme cuenta. El corazón se me paró en el pecho y contuve la respiración, espantada por el sonido de mi propia voz. Era la primera vez que perdía el control de ese modo durante una operación, pero es que lo que estaba viendo hubiera hecho estremecerse de placer a cualquier buen coleccionista de pintura.

El cuadro de Krilov colgaba en lo alto de uno

de los paneles centrales. Reconocí los rostros familiares de los mujiks, a los que tantas veces había visto en la pantalla del ordenador de casa, sometidos ahora a la luz verdosa y artificial de mis gafas, y no permití que sus tristes miradas me impresionaran mientras descolgaba el lienzo con cuidado y lo depositaba sobre un paño de seda que había extendido en el suelo y que me iba a servir de improvisada mesa de trabajo. Saqué las herramientas de la mochila y me puse manos a la obra. Hacía quince minutos que había dejado a Läufer en el coche; tardaría otros tantos en regresar; así que disponía de apenas media hora para realizar la sustitución y borrar cualquier huella de mi paso por aquel lugar. No era mucho tiempo.

Coloqué el cuadro boca abajo y con ayuda de un destornillador levanté las tachuelas que sujetaban el bastidor al marco, extrayéndolas con unos alicates. Después separé ambos soportes con cuidado y emprendí la complicada tarea de quitar uno a uno los dichosos clavos numerados que unían lienzo y madera, y me felicité entre dientes por no haber tenido que utilizar los repuestos que tanto le había costado a Donna conseguir, ya que las piezas, aunque con ciertas dificultades, salieron limpiamente. Hecho esto, me incorporé a medias para estirar los músculos y observar el resultado: todo iba bien, no había de qué preocuparse, así que respiré profundamente y me dispuse a continuar, pero entonces, justo entonces, algo llamó mi atención, no sé exactamente qué fue, quizá una distinta tonalidad en los bordes del lienzo producida por la luz infrarroja de mis gafas o una mancha de humedad o la sombra del panel... Qué sé yo. Pero no, no se trataba de nada de todo aquello. ¿Qué demonios era? Me agaché, extrañada, y descubrí un inesperado y absurdo reentelado en el lienzo.

Los reentelados se utilizan exclusivamente en los procesos de restauración de las telas más estropeadas por el paso del tiempo. Cuando un original presenta desgarrones o zonas en que el paño se está destejiendo por la tensión del bastidor, la forma correcta de proceder es aplicar una tela fuerte en el reverso para conferirle una mayor solidez y resistencia, una vez restaurados, claro está, el tejido original y la pintura afectada. Sin embargo, el cuadro de Krilov era un cuadro joven, de poco más de ochenta años de vida y sin deterioros aparentes, pintado sobre un lienzo de moderna factura industrial y, por lo tanto, muy fuerte y resistente, y todavía en perfectas condiciones. ¿Por qué, pues, le habían añadido aquel absurdo reentelado?

Extraje el lienzo de Donna del tubo y, en su lugar, metí el original de Krilov. Luego me incliné de nuevo hacia el suelo y ajusté la pintura falsa al bastidor, tensándola cuidadosamente y sujetándola con los clavos numerados, que volvieron cada uno a su lugar original. A continuación, coloqué el marco boca abajo, sobre el ancho pañuelo de seda, e introduje el lienzo en su interior y, con la ayuda de un pequeño martillo de goma, clavé las mismas tachuelas que antes había extraído con los alicates. Cuando la sustitución hubo terminado, colgué de nuevo la obra en el panel, la examiné con satisfacción y recogí mis bártulos. Ahora sólo me restaba salir de allí cuanto antes para ponerme a salvo.

Regresé a la azotea, me deslicé por la pared de la torre del homenaje y, tras soltar el garfio con una ondulación de la cuerda, recogí el material y recorrí a toda velocidad el patio de armas, sintiéndome cruelmente iluminada por la blanca luz de la luna. Algún día ya no podría hacer estas cosas, pensé, algún día mi cuerpo ya no respondería a las necesidades de trabajos tan arriesgados como éste y, entonces, ¿qué haría? Yo, más que ningún otro miembro del Grupo, estaba abocada a un retiro temprano, a una jubilación anticipada y, cuando ese día llegara, ¿iba a encerrarme en mi pequeña tienda de antigüedades viendo pasar el tiempo...? Bueno, pues sí, seguramente sí, más valía que me hiciera a la idea y que disfrutara del presente porque, cuando fuera una anciana arrugada, tendría que conformarme con mirar desde las gradas. Escalé la muralla echando una última mirada a los pobres perros dormidos y volví a descender por el otro lado hasta tocar el suelo del islote con las botas. Todo estaba terminado. En cuanto cruzara el puente y subiera en el coche de Läufer, una operación más del Grupo de Ajedrez habría sido culminada con éxito.

La luna creciente seguía hermosa allá arriba, rielando sobre el agua del Bodensee, el lago Constanza, mientras yo cruzaba a la carrera el desigual asfalto de la carretera de Friedrichshafen. Läufer lanzó tal suspiro de alivio al verme regresar que me recordó a un niño olvidado por sus padres en la puerta del colegio. Me dio pena despedirme de él, horas después, en el aeropuerto de Zúrich, tras recibir de sus manos el pequeño paquete para Amalia y Cavalo. En el fondo, era un genio simpático.

2

No volví a pensar en el extraño reentelado hasta el domingo por la tarde, día 4 de octubre, cuando fui a Santa María de Miranda para dejar el lienzo en el calabozo y, a punto ya de abandonar la celda y con mi tía esperándome impaciente en la puerta, recordé de pronto lo ocurrido durante el robo.

Después de unos segundos de desconcierto, durante los cuales consideré la posibilidad de dejar las cosas como estaban y salir de allí sin tocar nada, decidí investigar un poco por mi cuenta y, volviendo atrás, saqué de nuevo el lienzo de su tubo. El grosor era considerable debido a la adición del refuerzo aunque, al tacto, podía notarse que ambos tejidos no estaban completamente pegados entre sí, sino que rozaban uno contra el otro con suavidad, tan sueltos como el forro de un bolsillo. En realidad, la adherencia se producía sólo en los bordes, pero no parecía muy consistente, y me dio la impresión de que, sólo con despegar ligeramente una de las esquinas del reentelado, éste se desprendería sin grandes dificultades. Sin embargo, no me decidí a intentarlo. Me asustó la posibilidad de dañar la pintura original provocando algún conflicto con nuestro cliente ruso. Así que la guardé de nuevo en el portalienzos y regresé a casa dándole vueltas al asunto.

No tenía ningún sentido. Por más que lo analizaba mientras cenaba, no conseguía comprender el motivo de aquel arreglo en una tela en perfectas condiciones. Tanto llegó a preocuparme el asunto que, a medianoche, me levanté de la cama y me dirigí al despacho para mandarle un mensaje a Roi. Necesitaba que supiera lo que había descubierto y que me diera una buena explicación para que pudiera quedarme, por fin, tranquila.

La respuesta de Roi llegó a primera hora de la mañana. Al parecer había estado hablando con Donna y ésta, como experta, recomendaba despegar el reentelado por dos razones fundamentales: la primera, porque la mera existencia de ese refuerzo era completamente absurda, tal y como yo pensaba, y la segunda, porque precisamente por ser absurda podía despertar la desconfianza de nuestro cliente. Si se trataba de un error, eliminarlo no iba a mermar en absoluto el valor de la obra, sino todo lo contrario.

Así que subí de nuevo en mi coche y repetí el camino hasta el cenobio de mi tía, que se quedó perpleja al verme regresar tan pronto.

—¿Qué haces aquí a estas horas? —me preguntó con aire de reproche.

A pesar de todo, me dije armándome de paciencia, es mi tía y la quiero.

—Necesito revisar el material que dejé ayer en el calabozo.

—Pues no voy a poder acompañarte, Ana María. Tengo que dirigir el rezo de laudes dentro de cinco minutos.

—No necesito que estés siempre conmigo cuando vengo al monasterio, tía —repuse contenta—. Te recuerdo que conozco el camino mejor que el de mi propia casa.

—Pues muy bien —me espetó—. Si no me necesitas, mejor para las dos. Aquí tienes la llave. No se te ocurra irte sin devolvérmela.

—No me la llevaré, ya sé que te daría un ataque —le dije, y le planté un beso cariñoso en plena mejilla. Juana se quedó tan sorprendida que me miró confusa durante unos segundos, sin saber qué hacer. Luego, muy digna, giró sobre sí misma y se alejó en dirección a la iglesia.

Por el camino saludé a varias hermanas rezagadas que llegaban tarde a la oración. En el fondo, me encantaba pasear sola por aquel recinto fresco y limpio, lleno de historia, y me pregunté con curiosidad cuántas monjas habrían acudido corriendo a los rezos por aquellos pasillos, a esas mismas horas, a lo largo de los siglos. ¡Qué vida más rara! Por muy hermoso que fuera el monasterio, no podía entender que alguien se encerrara allí para siempre renunciando a todo lo que había de bueno (y de malo) en el exterior.

Mis manos temblaban cuando abrí la puerta del calabozo y tuve que respirar hondo varias veces para controlar mi pulso acelerado. ¡Qué tontería! Durante las operaciones más peligrosas, en los momentos de mayor riesgo, los latidos de mi corazón permanecían inalterados, proporcionándome la frialdad necesaria para adoptar las decisiones más correctas. Sin embargo, ahora, a punto de despegar dos vulgares telas, estaba nerviosa y excitada como una tonta.

Sobre una mesa italiana de nogal del siglo XVI, con patas en forma de «as de copas», extendí un amplio pliego de papel vegetal y, sobre él, puse el lienzo de Krilov invertido. Luego, con ayuda de unos bastoncillos para las orejas humedecidos con agua y de una pequeña espátula, comencé a despegar las dos telas tan rápidamente como me permitía la vieja resina utilizada para el encolado. Incluso antes de haber terminado el proceso, que me llevó unos diez minutos, ya me había dado cuenta de que el extraño reentelado era, en realidad, otra pintura distinta adherida a la de Krilov y, cuando por fin terminé de separarlas y levanté en el aire el falso refuerzo, me encontré ante un segundo cuadro que nada tenía que ver con el original. Como no podía verlo bien con aquella pobre iluminación, salí del calabozo buscando en el claustro la claridad del día, tan sorprendida y desconcertada que no me preocupé de comprobar si alguna monja despistada andaba por allí en aquel momento. Debía ofrecer una imagen curiosa, saliendo de la celda con paso apresurado y con los brazos completamente extendidos, como un crucificado, para mantener desplegada la pintura frente a mis ojos.

Un viejo de larga barba y rostro maligno levantaba la cabeza y miraba hacia lo alto desde el fondo de lo que parecía un pozo lleno de lodo que le llegaba hasta la cintura. Por debajo de los brazos, unas gruesas cuerdas tiraban hacia arriba de él, que se dejaba izar sin cambiar la expresión de odio de su mirada. La imagen era tenebrosa, sin matices y bastante mal ejecutada, como hecha por la mano torpe de un aficionado. En la parte superior, una cartela de forma oval, envuelta por un falso marco de volutas, exhibía una inscripción indescifrable en hebreo, y abajo, a la derecha, aparecía el nombre del artista, un tal Erich Koch, y la fecha, 1949. ¡Qué extraño que alguien hubiera pegado aquel engendro en el dorso de una obra como los *Mujiks* de Krilov! Por fortuna, había llevado conmigo la cámara de fotografiar, así que disparé varias instantáneas desde distintos ángulos con la idea de enviárselas a Roi.

Guardé el Krilov en el portalienzos y puse mi hallazgo en otro tubo de láminas que tenía por allí. Estaba deseando llegar a casa para informar al Grupo del resultado de mi hazaña. Bueno —me dije contenta—, el misterio está resuelto.

A media tarde recogí las fotografías de la tienda de revelado en una hora que hay junto a la catedral y las pasé rápidamente por el escáner para mandarlas a Roi por *e-mail*. Como no terminé de aclararme con los formatos de las imágenes, puse tanta calidad en la resolución que estuve más de media hora enviando el mensaje. A las diez de la noche, después de haber estado comprobando el correo cada veinte minutos, desistí de que el príncipe Philibert diera señales de vida y apagué el ordenador. Luego, durante la cena, Ezequiela, que tenía un no sé qué raro en la mirada, estuvo contándome los cotilleos

71

y novedades de la jornada. Cuando terminamos de recoger la mesa, la dejé con la palabra en la boca y me retiré a mi habitación: tenía ganas de leer un rato antes de dormir y el *Viaje al fin de la noche* de Louis-Ferdinand Céline me llamaba a gritos desde la mesilla de noche. Pero Ezequiela, que, al parecer, no me lo había terminado de contar todo, apareció inesperadamente con una gran taza rebosante de leche caliente que le sirvió de excusa para entrar y sentarse a los pies de la cama.

—Nunca hasta ahora te había dicho lo que te voy a decir... —empezó, y a mí aquello me disparó la luz roja de alarma.

—Bueno, pues no me lo digas. Estoy segura de poder seguir viviendo sin saberlo.

—¡No seas rebelde, niña!

Suspiré con resignación.

—Está bien, habla... —acepté, arreglándome el embozo de la sábana y dejando el libro a un lado con gran dolor de mi corazón.

—Llevo un tiempo pensando que a ti lo que te hace falta es casarte.

—¡Vale, se acabó! —exclamé incorporándome a medias y amenazándola con el grueso lomo del *Viaje al fin de la noche*—. ¡Hala, ya puedes irte! ¡Buenas noches!

—¡Ana María, cállate! —gritó.

Indudablemente, no le hice caso.

—¿Pero tú te crees que es normal —vociferé— que tengamos este escándalo a estas horas de la noche? ¡Los vecinos van a pensar que nos hemos vuelto locas!

—Pero si aquí la única que grita eres tú...

—protestó bajando de golpe el volumen y usando su vocecita de amable anciana gravemente ofendida.

—¡Ah, claro! ¿Tú no estás gritando, verdad?

—¿Yo? —se sorprendió—. ¡Naturalmente que no!

—Ezequiela, vas a volverme loca, de verdad.

—Si me escucharas sin discutir —dijo con mucha dignidad y totalmente cargada de razón, pasando la palma de la mano sobre la colcha para alisar una arruga invisible—, no tendríamos que llegar siempre hasta este punto.

Ahí ya sí que no me pude tragar la indignación.

—¿Pero de qué maldito punto estás hablando? Entras a traerme un vaso de leche caliente y, de repente, me encuentro inmersa en la guerra de Troya.

—Sólo quería que hablásemos sobre tu reloj biológico.

—No deberías ver tanta televisión —refunfuñé—. Eso del reloj biológico no te pega nada.

—Ana María, estás a punto de cumplir treinta y cuatro años. Antes de que te des cuenta se te habrá pasado la edad de tener hijos.

—Te recuerdo que Rosario Aliaga, mi ginecóloga, ha tenido su primer hijo a los cuarenta.

—¿Y tú tienes que hacer lo mismo que hace tu ginecóloga? ¡Pues mira qué bien!

La observé con atención durante unos instantes. En todo aquello había algo que no encajaba. Su redonda y hundida barbilla temblaba imperceptiblemente y en sus ojos un brillo cristalino delataba un mar de lágrimas reprimidas. Sin darme cuenta,

73

alargué la mano y cogí la suya, que descansaba sobre la colcha.

—¿Qué intentas decirme, Ezequiela? ¿Qué te pasa? No es propio de ti venirme con historias de matrimonios.

Suspiró profundamente y levantó la mirada con lentitud.

—La semana que viene cumplo setenta años.

—Ya, ya lo sé. El miércoles.

—¿Qué será de ti cuando yo ya no esté...?

Ahí estaba el quid de la cuestión.

—¡Oh, Ezequiela, por favor!

Me miró largamente con unos ojos llenos de reproche.

—¡No tienes a nadie más que a mí! Cuando yo me muera te quedarás completamente sola. ¡Ni siquiera te gustan los perros!

—Pero tengo a tía Juana... —dije, y me arrepentí inmediatamente de ello.

—¡A Juana...! ¡Ja! —escupió despectivamente—. ¡Ésa...! ¿Pero es que no te das cuenta? ¡Tu tía está encerrada por su gusto en un convento! Cuando yo muera te quedarás sola en esta enorme y vieja casa, sin nadie que te cuide, sin nadie que se preocupe por ti —las lágrimas comenzaron a formar pequeñas lagunas entre las numerosas grietas y pliegues de su rostro—. Eso es lo que más miedo me da. No tienes nada, Ana María. ¡Si por lo menos tuvieras un hijo! Bien sabe Dios que yo preferiría que te casaras con un buen hombre y por la Iglesia, pero si no es ése tu gusto, si no quieres atarte a nadie, ¡ten un hijo! Es lo único que te pido para mi cumpleaños.

—¿Quieres que tenga un hijo en una semana...? —pregunté escandalizada. Ezequiela sonrió.

—¡Sabes lo que he querido decir, niña!

—Mira, vieja gruñona, lo único que sé es que tú aún tienes cuerda para rato y que no te vas a morir el día de tu cumpleaños. Además, ¿qué dirían en Ávila si la última Galdeano se quedara embarazada de un señor desconocido?

—¡Que digan lo que quieran! Ya se cansarán de decir.

—No sabía que fueras tan moderna.

—Y no lo soy —afirmó rotundamente, secándose la cara con el dorso de la manga del jersey—. Pero no puedo soportar la idea de verte tan sola. Prométeme que lo pensarás.

—Te lo prometo, ¿estás contenta ya?

—¡Promételo otra vez mirándome a los ojos! —exigió.

—¡Venga, Ezequiela, por favor! ¿Pero es que tú me ves cuidando a un niño? ¿Crees que ser madre va conmigo? No tengo el menor instinto maternal, ni ganas de reproducirme.

—¡Promete!

—¡Oh, Dios mío! —grité exasperada levantando los brazos hacia el techo—. ¿Pero qué habré hecho yo para merecer este castigo?

—¡Ana María!

—Está bien, está bien... Lo prometo —dije mirándola a los ojos—. Prometo que pensaré seriamente en la posibilidad de tener un hijo.

Ezequiela sonrió como una niña pequeña que, después de dar un berrinche a todo el mundo, consigue el capricho que quería.

—Bien, muchacha, bien —exclamó palmeándome la mano—. Ahora ya puedes coger tu libro.

Se levantó de la cama sin abandonar la sonrisita de satisfacción y, después de dibujarme una cruz en la frente con el pulgar derecho, me dio un beso ligero y se marchó de la habitación cerrando la puerta silenciosamente.

No tenía ni la más remota intención de cumplir mi promesa, pero, al menos, me había librado de Ezequiela por un tiempo. No me cabía la menor duda de que volvería a la carga sobre el tema como una columna de la caballería ligera, pero tardaría todavía unos meses.

Aquella noche tuve horribles pesadillas llenas de bebés rechonchos y babosos, de esos que salen en la televisión anunciando pañales. Todos tenían la piel sonrosada y eran rubios como los ángeles. El problema era que también tenían los ojos azules, como la tía Juana, y, en la familia Galdeano jamás ha habido nadie con los ojos azules. Por supuesto, a la mañana siguiente me desperté agotada y de bastante mal humor, así que Ezequiela se las arregló para desaparecer de mi vista, perdiéndose por la casa con hábil maestría.

Atándome el cinturón de la bata y bostezando hasta desencajarme las mandíbulas, me encaminé al despacho y encendí el ordenador. Entraba un sol radiante por las ventanas y un arrebatador aroma a café recién hecho me amarró por la cintura y tiró de mí hacia la cocina mientras la máquina se ponía en funcionamiento y se conectaba a Internet para comprobar el correo. Todavía no había terminado de servirme una taza cuando escuché la voz metálizada que me avisaba de la llegada de mensajes del Grupo.

—Tengo que cambiar ese ruido... —musité echando un poco de leche fría sobre el café humeante.

Cuando me senté frente a la pantalla, el algoritmo descodificador de Läufer había terminado de componer el mensaje: «IRC, #Chess, 9.30, pass: Govinda. Roi.» Miré mecánicamente el reloj. Eran las ocho y media de la mañana. Todavía tenía tiempo de ir a correr un rato, así que me puse una camiseta, unos pantalones de chándal y unas deportivas y me lancé a la calle. Con los pulmones llenos del fresco aire de la mañana, abandoné el recinto amurallado, saliendo por la puerta que da a la iglesia de San Vicente y bajando, por la izquierda, hasta el puente Adaja. Sin notar todavía el cansancio, pero un poco aturdida por el bullicio matinal del tráfico y los colores grises de un día nublado, llegué hasta los Cuatro Postes —donde lograron detener a santa Teresa cuando, de pequeña, intentaba huir a tierras de moros para entregarse al martirio—, y allí giré sobre mí misma, dando saltitos para no perder el ritmo. Tomé aire, eché una última mirada a la ciudad desde lo alto y volví sobre mis pasos para entrar de nuevo en el perímetro viejo por la puerta de la calle del Conde Don Ramón.

A la hora convenida, envuelta en el albornoz y secándome el pelo con la toalla, ocupé de nuevo el sillón y me conecté al IRC. El servidor me dio paso a la primera (me costaba una fortuna al año la dichosa conexión) y, como siempre, entré en Undernet dando una pequeña vuelta por el mundo y cambiando continuamente de identificación. Aquel día utilicé un redireccionador que pasaba por Pensacola y Singapur, y llegué a #Chess con mis falsos datos en alfabeto mandarín. Tuve que cambiar la configuración del programa para poder escribir «Govinda» en alfabeto latino sin bloquear el ordenador. Roi, según su costumbre, ya estaba esperando:

—Buenos días, Peón. ¿Has descansado bien?

Un escalofrío recorrió mi espalda recordando a los bebés rubios y de ojos azules.

—Buenos días, Roi. No, en realidad he pasado una noche horrible. ¿Están citados todos los demás?

—Todos menos nuestro *broker*, Rook. A estas horas está ya trabajando en la *city*.

Los mercados bursátiles europeos se hundían irremediablemente en una de las peores crisis financieras de la historia. Rook andaría como loco intentando frenar sus pérdidas. Pero mientras los japoneses no controlaran su deflación, los rusos siguieran devaluando el rublo e Iberoamérica continuara tan emergentemente frágil, poco era lo que los inversores se atreverían a hacer.

—¿Cómo está tu tía? —preguntó Roi cambiando de tema. Rook, la Torre, era su agente de bolsa en Inglaterra y probablemente el príncipe Philibert tenía sudores fríos recordando la crisis.

—Mi tía está como siempre. Dirige su convento con puño de acero.

—¡Qué gran mujer! —escribió con admiración. Siempre estuve convencida de que entre Roi y Juana había habido algo en el pasado, pero, por desgracia, nunca pude comprobarlo—. Dale un abrazo muy grande de mi parte cuando la veas.

—Lo haré.

Los demás llegaron enseguida. Rápidamente nos dispusimos a comenzar la reunión. Cavalo y Läufer me saludaron efusivamente y me felicitaron por el éxito de Alemania. Läufer, además, quiso narrar a los presentes los detalles de mi «espléndida actuación», pero, por suerte, Roi le contuvo a tiempo con una enérgica llamada al orden. Naturalmente, Heinz seguía teniendo el teclado estropeado, así que, para desgracia nuestra, seguía escribiendo a gritos.

—CAVALO, LE ENTREGUÉ A PEÓN TU JUGUETE MÄRKLIN, COMO HABÍAMOS QUEDADO.

—¿Cómo te lo hago llegar, Cavalo? —pregunté. La verdad es que no había vuelto a recordar el paquete que descansaba en algún lugar del armario de mi habitación.

—No corre prisa. Podríamos quedar un día de éstos, ¿te parece bien?

—Espléndido —repuse. Me agradaba la idea de volver a ver a Cavalo tan pronto.

—¿Todos habéis examinado las fotografías que os he mandado? —atajó Roi, cambiando de tema.

Las respuestas fueron afirmativas.

—¿Alguien puede aportar alguna información sobre esa extraña pintura?

Por unos instantes la pantalla permaneció en suspenso, vacía de mensajes.

—Bien. Os contaré por qué he convocado esta reunión. Lo cierto es que no he dormido mucho esta noche...

Roi nos dijo que, cuando recibió las imágenes, le chocó sobremanera el hecho de ver el nombre de un pintor alemán, Erich Koch, firmando un cuadro en el que se reproducía a un viejo personaje judío de evidente origen bíblico que, en un primer momento, no pudo identificar. Pero, aparte del hecho de que estuviera escondido detrás de otro cuadro, lo que más llamó su atención fue la fecha: 1949, apenas cuatro años después del final de la Segunda Guerra Mundial. Movido por la curiosidad, despertó a Läufer en plena noche y le pidió que averiguara todo lo posible sobre ese desconocido artista y, luego, llamó a su amigo Uri Zev, miembro de la División de Asuntos Culturales y Científicos del Ministerio de Relaciones Exteriores israelí.

—¿Qué le contaste a tu amigo Zev, si puede saberse? —le interrumpió vivamente Donna.

—No debéis preocuparos. Uri ha trabajado conmigo en el pasado y es un hombre de total confianza. Además, tomé la precaución de borrar de las fotografías el nombre de Erich Koch y la fecha.

—¿Y no le molestó que le llamaras a esas horas tan intempestivas? —Estaba claro que Donna no se sentía tranquila.

—Uri está acostumbrado a que le llamen a cualquier hora del día o de la noche. Su trabajo en la División de Asuntos Culturales es sólo una pequeña parte de las muchas actividades internacionales que realiza. Créeme, Donna, Uri es alguien en quien se puede confiar. No es la primera vez que le consulto alguna información relativa a nuestro trabajo, aunque siempre de manera que él no pueda relacionarme con lo que lee después en la prensa. Anoche le dije que la imagen era el cuadro de un desconocido pintor israelí contemporáneo, afincado en Galilea, y que sólo deseaba que, como judío, me hiciera un rápido análisis de la obra y la traducción del contenido de la cartela.

—¿Y QUÉ TE DIJO? —preguntó impaciente Läufer.

—Antes prefiero que les cuentes a todos lo mismo que me has contado a mí esta madrugada. Pero te agradecería que escribieras con letras pequeñas.

—¡NO PUEDO! ¿ES QUE NADIE ME CREE?

La respuesta, naturalmente, fue una negativa unánime, pero Läufer no se inmutó y nos puso al tanto de sus descubrimientos con tantas mayúsculas como le fue posible. Había dispuesto de apenas un par de horas esa noche para navegar por la red a la caza y captura de cualquier información sobre un pintor alemán de mediados de este siglo llamado Erich Koch, pero lo poco que había podido averiguar le había dejado realmente perplejo: los datos que iba recibiendo en su ordenador nada tenían que ver con un pintor desconocido llamado Erich Koch sino, de manera exclusiva, con el *gauleiter* Erich Koch, jerarca nazi de la provincia prusiana de Königsberg, muerto en una prisión polaca en 1986.

—¿Y no aparece ningún otro Erich Koch por ninguna parte? —preguntó Cavalo—. Está claro que debe tratarse de dos personas distintas.

—No necesariamente —apunté yo, atando cabos rápidamente en mi cabeza.

—SON LA MISMA PERSONA. NO EXISTE NINGÚN OTRO ERICH KOCH EN LOS CENSOS DE ALEMANIA DESDE 1875.

—Es curioso que ya nos hayamos encontrado con tres nazis en esta historia —dije extrañada—, Fritz Sauckel, Helmut Hubner y Erich Koch. Todos estrechamente relacionados con el mundo del arte y con el cuadro de Krilov.

—Ésa es la cuestión —advirtió Roi—. Estoy convencido de que hemos tropezado con un asunto espinoso que, por el momento, escapa a nuestra comprensión, pero que podría llegar a afectarnos directamente si es que Helmut Hubner forma parte de esta intriga.

—¿Y qué hay de nuestro cliente ruso? ¿No convendría saber algo más acerca de él? —propuso Cavalo.

—¿Vladimir Melentiev...? Sí, desde luego, también habrá que investigarle. Es evidente que su interés por el cuadro de Ilia Krilov ha sido el detonante de esta situación en la que ahora nos vemos envueltos. Quizá debimos informarnos un poco más antes de aceptar su encargo.

—ES POSIBLE QUE NO SEPA NADA DEL LIENZO DE KOCH.

—¡Vamos, Läufer! —protestó Cavalo—. Recuerda que estaba dispuesto a pagar el precio que le pidiéramos por el Krilov, fuera el que fuera. ¡Esa actitud no parece precisamente inocente!

—SIEMPRE Y CUANDO EL LIENZO DE KOCH TENGA ALGÚN VALOR QUE PUEDA INTERESARLE, COSA QUE DUDO PORQUE SU CALIDAD ES PÉSIMA.

—Por cierto, Roi —atajé—. No nos has contado lo que te dijo tu amigo Uri Zev.

—¡Ah, es cierto! Bien, veréis, esperad que coja mis notas... Sí, ya está, aquí las tengo. Al parecer la escena representa el momento en que el profeta Jeremías es liberado del cautiverio. Para quien tenga una Biblia a mano, la historia se puede leer en Jeremías 38, 1-14. Al profeta lo metieron en la cisterna de Melquías, hijo del rey Sedecías, por profetizar desgracias variadas para el pueblo de Israel. Esa cisterna no tenía agua pero sí bastante lodo y allí Jeremías debía morir de hambre. Un eunuco etíope de la corte intercedió ante el rey y consiguió que lo sacaran de allí. Y eso es lo que puede verse en la pintura.

—¿Y qué quieren decir esas letras hebreas escritas en la cartela? —pregunté.

—¡Ah, eso Uri no pudo decírmelo! El alfabeto es hebreo, desde luego, pero el texto es totalmente incomprensible.

—¡FANTÁSTICO!

—Läufer, quiero que pongas del revés las bases de datos del mundo entero si es necesario, pero averigua todo sobre Erich Koch, Fritz Sauckel, Vladimir Melentiev y Helmut Hubner. Yo indagaré la vida de Ilia Krilov hasta conocer sus pensamientos y a los demás os ruego que le deis vueltas al cuadro de Koch hasta que no quede un detalle por analizar. El Grupo de Ajedrez puede haberse metido, sin saberlo, en algún feo asunto de consecuencias imprevisibles, así que, damas y caballeros, ¡a trabajar! Les espero a todos el próximo domingo, día 11 de octubre, a la misma hora, en el mismo sitio y con el *password* «Gobi». Y recuerden: la máxima seguridad es la máxima ventaja. Si alguno cae, caemos todos.

Pasé todo el día en la tienda, ocupada en mil pequeños asuntos, pero a las ocho de la noche, cuando conecté la alarma y bajé la persiana metálica antes de irme a casa, el cuadro de Koch retomó en mi cabeza el protagonismo absoluto. Ezequiela estaba viendo la televisión en el salón y cosiendo, a punto de cruz, unos cuadritos que luego enmarcaría para colgarlos en la pared de su habitación. La casa estaba caldeada y había café recién hecho en la cocina.

Sin quitarme la chaqueta y sin tan siquiera dejar el bolso en el perchero, entré en el despacho y, encendiendo la luz de la lámpara, pulsé los interruptores del ordenador y de la impresora. Mientras el equipo se ponía en marcha y ejecutaba las tareas programadas, me serví una taza de café y me cambié de ropa. Luego regresé al despacho, comprobé que no tenía correo y arranqué el programa Photo-Paint, uno de los mejores para la manipulación de imágenes y, desde él, cargué la fotografía escaneada del *Jeremías* de Koch visto de frente. Puse papel fotográfico en la impresora y efectué una primera estampación ajustando automáticamente el contraste, la saturación y el brillo con la opción de máxima calidad. Al cabo de un rato (y de un paquete de papel y un cartucho de tinta en color), tenía el despacho lleno de ampliaciones de segmentos del cuadro puestas encima de los muebles e incluso pegadas con cinta adhesiva por las estanterías y las paredes. Había cogido la vieja y abultada Biblia de la familia, encuadernada en piel negra y ya deforme, y me estaba paseando por el despacho con el dichoso mamotreto en los brazos

y leyendo en voz alta el texto de los catorce primeros versículos del capítulo 38 de Jeremías:

Oyeron Safatías, hijo de Matán; Guedelías,
hijo de Pasjur; Jucal, hijo de Selemías, y Pasjur,
hijo de Melquías, que Jeremías decía delante de
todo el pueblo: «Así dice Yavé: Todos cuantos se
queden en esta ciudad morirán de espada, de
hambre y de peste; el que huya a los caldeos vivirá
y tendrá la vida por botín. Así dice Yavé: Con
toda certeza, esta ciudad caerá en manos del ejército del rey de Babilonia, que la tomará.» Y dije-
ron los magnates al rey: «Hay que matar a ese
hombre, porque con eso hace flaquear las manos
de los guerreros que quedan en la ciudad, y las
de todo el pueblo, diciéndoles cosas tales. Este
hombre no busca la paz de este pueblo, sino su
mal.» Díjoles el rey Sedecías: «En vuestras manos
está, pues no puede el rey nada contra vosotros.»
Tomaron, pues, a Jeremías y le metieron en la
cisterna de Melquías, hijo del rey, que está en el
vestíbulo de la cárcel, bajándole con cuerdas a la
cisterna, en la que no había agua, aunque sí lodo,
y quedó Jeremías metido en el lodo...

La puerta del despacho se abrió de golpe y yo
me detuve en seco, quedándome congelada como
el fotograma de una vieja película, con el libro en la
mano izquierda y el puño derecho amenazando a
los magnates.

—¿Te pasa algo? ¿Por qué das esos gritos y hablas tan fuerte? —preguntó Ezequiela con preocupación.

—Estoy leyendo la Biblia.

Ezequiela enarcó las cejas, abriendo mucho los ojos, y salió dando un suspiro.

—Tú no estás bien.

... metido en el lodo —continué—. Oyó Abdemelec, etíope, eunuco de la casa real, que habían metido a Jeremías en la cisterna. El rey estaba entonces en la puerta de Benjamín. Salió Abdemelec del palacio y fue a decir al rey: «Rey, mi señor, han hecho mal esos hombres tratando así a Jeremías, profeta, metiéndole en la cisterna para que muera allí de hambre, pues no hay ya pan en la ciudad.» Mandó el rey a Abdemelec el etíope, diciéndole: «Toma contigo tres hombres y saca de la cisterna a Jeremías antes de que muera.» Tomando, pues, consigo Abdemelec a los hombres, se dirigió al ropero del palacio, y tomó de allí unos cuantos vestidos usados y ropas viejas, que con cuerdas le hizo llegar a Jeremías en la cisterna. Y dijo Abdemelec el etíope a Jeremías: «Ponte estos trapos y ropas viejas debajo de los sobacos, sobre las cuerdas.» Hízolo así Jeremías, y sacaron con las cuerdas a Jeremías de la cisterna, y quedó Jeremías en el vestíbulo de la cárcel.

El cuadro de Koch representaba exactamente el momento en que el profeta comenzaba a ser sacado de la cisterna con las cuerdas. Por más que amplié la pintura hasta un mil seiscientos por cien (el máximo que permitía el programa), por más que ajusté la búsqueda de colores y por más pruebas que hice de todas clases, no encontré nada escondido, ni disimulado, ni insinuado en la pintura, aparte de lo que podía verse a simple vista. Y lo único que podía verse a simple vista era la cara de odio del profeta Jeremías.

A las once y media de la noche, Ezequiela vino a darme las buenas noches. Toda la casa quedó en silencio, salvo por el ruido de la impresora, que no paraba de sacar las copias que yo le iba pidiendo con todas las pruebas y cambios posibles efectuados en la imagen. A las dos de la madrugada tenía tal dolor de cabeza de fijar la vista en la pantalla, que tuve que tomar un analgésico para poder seguir trabajando. A las tres abandoné el diseño gráfico y decidí que era hora de realizar estudios bíblicos. ¿Quién era Jeremías? ¿Por qué le metieron en la cisterna? ¿Qué tenía ese profeta judío que había despertado el interés de un *gauleiter* nazi antisemita?

Jeremías había nacido en torno al año 650 a.n.e.[1] y había muerto en algún momento indeterminado tras la conquista de Jerusalén por Babilonia, hacia el 586 a.n.e. Desde el principio rompió con el esquema tradicional del oráculo profético, prefiriendo el poema de marcado acento derrotista y agorero. Aunque en los inicios de su carrera gozó de la protección del rey Josías de Judá, tras la muerte de este monarca en el 609 a.n.e. cayó en desgracia, siendo considerado traidor por anunciar la victoria de Babilonia sobre Judá y Jerusalén y prohibiéndosele hablar en público. Por supuesto, como incumplió repetidamente la prohibición, fue

1. a.n.e., antes de nuestra era.

arrestado varias veces y, por fin, lanzado a una cisterna llena de lodo.

Encontré abundante material sobre el Libro de Jeremías en las enciclopedias que había por casa, pero era todo demasiado teológico y escolástico, muy poco comprensible para una neófita como yo. Nada de lo que leí despertó mi atención y la verdad es que me resultó terriblemente difícil mantenerme despierta a esas horas de la noche con semejantes lecturas. Estaba a punto de desistir y marcharme a la cama, cuando, de repente, vino a mi memoria un viejo libro de esos que siempre aparecen cuando buscas cualquier otro, que no recuerdas haber comprado y que jamás abres ni siquiera por curiosidad. No es que tuviera mucho que ver con lo que yo perseguía, pero hablaba de la Biblia y, a esas horas, ya no podía pensar con demasiada claridad. El libro se titulaba *Los mensajes del Antiguo Testamento* y era de un escritor desconocido que se empeñaba en demostrar que las alegorías, metáforas, parábolas y proverbios del Antiguo Testamento contenían, en realidad, el anuncio del final del mundo y el advenimiento de una nueva civilización. Al hojear distraídamente el índice de contenidos, mis ojos cansados tropezaron, por fin, con algo que me quitó el sueño de golpe: el capítulo cuarto se titulaba «*Atbash*, el código secreto de Jeremías». Pasé las hojas con rapidez hasta llegar al principio de dicho capítulo y comencé a leer con verdadera fruición. El código secreto más antiguo del que se tenía noticia en la historia de la humanidad, decía el libro, era el llamado código *Atbash*, utilizado por primera vez por el profeta Jeremías para disfrazar el significado de sus textos. Jeremías, asustado por las represalias que los poderosos miembros de la corte y el propio rey pudieran tomar contra él por vaticinar la derrota frente a Babilonia, encriptó el nombre de este reino enemigo a la hora de escribir, para lo cual utilizó una simple sustitución basada en el alfabeto hebreo, de modo que la primera letra del alfabeto, Aleph, era sustituida por la última, Tav; la segunda, Beth, por la penúltima, Shin, y así sucesivamente. El nombre de este primer código, *Atbash*, de más de dos mil quinientos años de antigüedad, venía dado, por lo tanto, por su propio sistema de funcionamiento: «Aleph a Tav, Beth a Shin», es decir, *Atbsh*. Así pues, Jeremías, tanto en el versículo 26 del capítulo 25, como en el versículo 41 del capítulo 51 de su libro, había escrito «Sheshach» en lugar de Babilonia.

Por supuesto, ataqué la Biblia familiar en busca de esos dos versículos para comprobar si era cierto lo que decía el pequeño y folletinesco librito y, en efecto, lo era, allí estaban las pruebas. A pesar de la hora y del cansancio, me sentía activa y despierta como si fuera mediodía. Inmediatamente confeccioné un alfabeto hebreo que podía plegarse por la mitad de modo que resultara fácil efectuar la sustitución de unas letras por otras. Cogí el mensaje de la cartela del cuadro de Koch, le apliqué el código *Atbash* para desencriptarlo y lo copié al final de un texto explicativo que envié a Roi por correo electrónico. Luego destruí todo el material que había impreso (era una norma del Grupo) y me fui a la cama.

Creo que las dos horas que dormí aquella noche fueron las dos horas que mejor he dormido en toda mi vida. No tenía ni idea de si se podría traducir el mensaje que había remitido a Roi para que lo hiciera llegar a su amigo Uri Zev, pero, incluso aunque no se pudiera, había trabajado tan duro y con tanta pasión que me sentía profundamente satisfecha de mí misma.

La información recopilada por Läufer durante aquellos días resultó todavía más sorprendente de lo que ninguno de nosotros hubiera podido esperar. Desde sitios tan dispersos como Ucrania, Inglaterra, Berlín e Israel, desde entidades como la Universidad de Toronto en Canadá, el diario *El Universal* de México, el museo Pushkin de Moscú, el *Polemiko Mousio* de Atenas, el Instituto Chileno-Francés de Cultura, y desde ficheros clasificados de la policía israelí, del FBI, de la vieja Stasi de la desaparecida República Democrática Alemana o del reconvertido KGB, la documentación fue llegando hasta nuestros ordenadores trazando una imagen real y estremecedora de aquellos que, hasta ese momento, no habían sido otra cosa que quiméricos personajes en una historia llena de enredos.

Fritz Sauckel, uno de los miembros más brutales de la vieja guardia nazi, diputado del Reichstag y general de las temibles SA, ejerció durante la guerra como gobernador general y *gauleiter* de Turingia. Ministro plenipotenciario del Reich para la mano de obra, reclutó cinco millones de obreros forzados, de *ostarbeiter*, en los territorios ocupados, la mayoría de los cuales trabajaron sin descanso hasta la muerte. Según Jacques Bernard Herzog, uno de los procuradores generales ante el Tribunal Militar Internacional de Núremberg, «Este antiguo marino mercante, padre de diez hijos, encumbrado a la alta política por la revolución hitleriana, ordenaba alimentar a los trabajadores en función de su rendimiento. Dentro de una mentalidad primitiva como la suya, encontraba justificación a todo reproche: él sólo ejecutaba las órdenes del Führer. Pretendía no haber sabido nada de las atrocidades cometidas en los campos de concentración; le mostré entonces una fotografía que lo presentaba visitando en compañía de Himmler el campo de concentración de Buchenwald, en Weimar, del cual era responsable como *gauleiter* del territorio. Afirmó estúpidamente que su visita se había limitado a los edificios exteriores del campo, en el que no había entrado nunca».

Esa «mentalidad primitiva» a la que Herzog hacía referencia en su discurso de 1949 ante miembros destacados de la Universidad de Chile, respondía, sin embargo, a una inteligencia muy por encima de lo normal, según pudo comprobar durante el proceso el psiquiatra judicial americano Gustave M. Gilbert. Sin embargo, y a pesar de esa inteligencia superdotada, Sauckel, como *gauleiter* de Turingia, ordenó, sin la menor inquietud, que los restos de los grandes escritores Goethe y Schiller fuesen sacados del mausoleo real de Weimar y trasladados a la cercana ciudad de Jena para ser destruidos en caso de que los americanos entraran en Turingia. Afortunadamente, tal destrucción no se llevó a cabo.

El 1 de julio de 1946, lord Lustice Lawrence, presidente del Tribunal Internacional de Núremberg, daba a conocer la sentencia contra Fritz Sauckel, condenado a morir en la horca por crímenes de guerra y crímenes contra la humanidad. El que fuera temible gobernador de Turingia fue ejecutado tres meses después, la madrugada del 16 de octubre.

Diferente fue el destino de su amigo Erich Koch, con el que le unían, al parecer, antiguos lazos de camaradería desde que ambos se habían conocido en Weimar, en 1937, cuando Koch, entonces general de división de las SS, había llegado a la ciudad con el primer grupo de trescientos reclusos para empezar la construcción de los barracones y cuarteles del KZ (*Konzentration Lager*) Buchenwald.

Koch había nacido en la Prusia Oriental el 19 de junio de 1896 y fue nombrado *gauleiter* de esta demarcación en 1938. Tres años después, tras la invasión alemana de los territorios de la Unión Soviética en 1941, fue nombrado, además, *Reichskommissar* de Ucrania. Según el semanario *The Ukrainian Weekly* del 10 de noviembre de 1996, Koch fue directamente responsable de la muerte de cuatro millones de personas, incluida la casi totalidad de la población judía ucraniana. Bajo su gobierno, y en colaboración con Sauckel, otros dos millones y medio de individuos fueron deportados a Alemania como trabajadores forzados. Después de la retirada nazi de Ucrania, Koch permaneció como *gauleiter* de la Prusia Oriental hasta la rendición alemana en 1945, momento en que se perdió su pista hasta que fue descubierto, cuatro años después, viviendo de incógnito en la zona de ocupación británica. Fue deportado a Polonia para ser juzgado y, sin embargo, mientras que el resto de los procesos soviéticos contra criminales de guerra se celebraban con rapidez, y las sentencias (por lo general inmisericordes) se ejecutaban en pocas horas, Koch tardó diez años en ser juzgado y su sentencia de muerte no se llevó a cabo jamás. El gobierno polaco alegó la mala salud del asesino para condonarle la pena y le recluyó durante los últimos veintisiete años de su vida en una celda de la prisión de Barczewo, dotada de grandes comodidades, donde murió apaciblemente el 12 de noviembre de 1986, a los noventa años de edad. Ni una sola vez durante todo ese tiempo, las autoridades rusas solicitaron la extradición de Koch para juzgarlo por los atroces crímenes que cometió como *Reichskommissar* de Ucrania, ni presionaron tampoco a los polacos para que llevaran a cabo la sentencia.

Aparté los ojos de la pantalla y, mientras la impresora empezaba a escupir papeles, me puse a pensar cómo debía ser alguien capaz de matar a cuatro millones de personas. La cifra hizo que me diera vueltas la cabeza. Si ya resultaba impensable para mí acabar con la vida de un solo individuo, de uno solo, ¿cómo se podía matar a cuatro millones? ¡Cuatro millones de muertes! Sin contar a los *ostarbeiter,* a los trabajadores forzados, muertos también de enfermedades, accidentes e inanición. Si cada uno de aquellos pobres seres fuera, por ejemplo, una peseta, y pusiéramos cuatro millones de pesetas, en monedas, en una habitación, el volumen sería impresionante. ¿Qué ocurría en la mente de una persona para llegar a ser capaz de hacer algo así sin darle ninguna importancia? Estaba aterrada, impresionada. Encendí un cigarrillo, expulsé el humo por la boca, lentamente, y volví a la lectura.

El último alabardero de la tríada era el joven Helmut Hubner. Nacido en Pulheim, Colonia, en 1919, había estudiado economía, lenguas antiguas e historia en la Universidad de Bonn, y había militado activamente en las Juventudes del Reich y en las Juventudes Hitlerianas desde su fundación. Apenas iniciada la contienda, se incorporó a la Luftwaffe con el grado de teniente, convirtiéndose pronto en un famoso piloto de combate. En 1943 era el oficial de su escuadrón que contabilizaba el mayor número de derribos enemigos y, aunque su aparato fue alcanzado en cuatro ocasiones, consiguió salvar la vida lanzándose en paracaídas. Por todas estas hazañas y algunas más, fue recompensado con las máximas condecoraciones de guerra, incluida la Cruz de Hierro. Según las bases de datos del Museo de la Guerra de Atenas, Hubner destacó por su extraordinaria destreza en el manejo de los Heinkel 111, de los Dornier 17 y de los Messerschmit Bf 109, con los cuales desarrolló una brillante maniobra de ataque recogida más tarde en los manuales de la Luftwaffe: elegía su presa entre los cazas enemigos, dejándose caer rápidamente en picado y situándose a unas quinientas yardas por debajo de su cola. Entonces iniciaba un ligero ascenso mientras perdía velocidad, lo que le permitía apuntar certeramente, desde atrás, al aparato enemigo y, a unas cien yardas de distancia, abría fuego con el cañón de 30 milímetros, dejándolo fuera de combate. Entonces ascendía a toda velocidad, poniendo el morro a unos veinte grados por encima del horizonte, y, desde esta cota segura, elegía a su siguiente víctima.

A principios de 1944, Hubner se incorporó a la VI Flota Aérea alemana, con base en Königsberg, integrada en el Grupo de Ejércitos Reinhardt, encargados de la defensa de la Prusia Oriental. El plan de la Stavka soviética preveía dos ataques en tenaza lanzados al sur y al norte de los lagos Masurianos contra los flancos del grupo de ejércitos. Avanzando en dirección de Marienburg y Königsberg, los soviéticos trataban de aislar a las tropas alemanas allí destacadas y, después de haberlas desunido y estrangulado, ocupar todo el territorio de la Prusia Oriental. Hubner, al mando de una unidad de Stukas Kanone —los famosos bombarderos Junkers 87 G—, luchó valientemente contra las columnas blindadas soviéticas, pero no pudo impedir los terribles bombardeos aliados que destruyeron la mitad de Königsberg el 31 de agosto de 1944, ni tampoco la capitulación final de la ciudad el 9 de abril de 1945. El futuro industrial fue puesto en libertad tras un inocuo juicio celebrado en Münster seis meses después del final de la guerra y regresó, al parecer, a la casa de su familia en Pulheim, donde estuvo viviendo discretamente hasta que, en 1965, reapareció convertido en un próspero empresario panadero.

Vladimir Melentiev, el coleccionista que nos había pedido el cuadro de Krilov, resultó ser la última *joya de la corona*. Hay que reconocer que en esta investigación Läufer se superó a sí mismo: uti-

lizando como paso intermedio las computadoras
centrales de dos importantes y conocidas empresas
de informática norteamericanas, se proyectó a través de una docena de ordenadores *invisibles* para
realizar una invasión coordinada de los ficheros
clasificados de la Stasi, el KGB y el FBI, según los
cuales, el nombre verdadero de Vladimir Melentiev
era Serguéi Rachkov, nacido en la pequeña localidad rusa de Privolnoie, cerca de Stávropol (Rusia),
en 1931. Rachkov ingresó en el ejército a los dieci-
siete años, sirviendo como policía militar en prisio-
nes, campos de trabajos forzados y hospitales psi-
quiátricos correctores, hasta que, a los veinticinco,
pasó a engrosar las filas de agentes especiales del
recientemente creado Comité de Seguridad del Estado —el Komitet Gosudárstvennoe Bezopásnos-
ti—, más conocido como KGB. Llevó a cabo diversos servicios de supervisión de lealtad política al
régimen comunista en las fuerzas armadas rusas
hasta que, en 1959, a los veintiocho años de edad,
fue retirado bruscamente de estas misiones rutina-
rias y destinado a una operación del más alto nivel
denominada Pedro el Grande. A pesar de que la
Operación Pedro el Grande dependía de manera
oficial del MVD (Ministerstvo Vnutrennikh Dyel
o Ministerio de Asuntos Internos), estaba directamente controlada por el máximo órgano de gobierno ruso, el Politburó, y dirigida en persona por el
nuevo presidente del Consejo de la URSS, el todo-
poderoso Nikita Serguéievich Jruschov.

Sin embargo, por más que quiso, Läufer no
pudo averiguar en qué consistía la misteriosa Operación Pedro el Grande: sencillamente, no existía

la documentación de tal operación. Cualquier referencia a ella se reducía a eso, a una breve referencia, sin que ningún fichero, de los muchos a los que pudo acceder durante sus correrías virtuales, contuviese información útil para comprender el alcance y contenido de lo que parecía ser uno de los asuntos más importantes y secretos de la hoy desvanecida URSS. Ni la desaparición de Jruschov, ni las llegadas de Bréznev, Yuri Andrópov o Chernenko, ni la de, finalmente, Mijaíl Gorbachov en 1985, alteraron en lo más mínimo la puesta en marcha de Pedro el Grande, en el marco de la cual, Melentiev-Rachkov fue enviado como simple carcelero, con el nombre de Stanislaw Zakopane, a la prisión de Barczewo, en Polonia, en la que acababa de ser encerrado Erich Koch.

Mi capacidad de sorpresa estaba ya tan alterada que un poco más de emoción no hizo variar el alto nivel de adrenalina que corría por mis venas mientras leía, uno tras otro, los documentos enviados por Läufer (quien, por fortuna, había tenido la delicadeza de pasarlos previamente por el traductor automático de ruso). Sin embargo, todavía quedaban algunos datos interesantes en el expediente personal de Melentiev-Rachkov, celosamente guardado en los viejos ordenadores del KGB; el sorprendente *continuum* de una vida azarosa, criminal y aventurera. Baste decir que, según las fichas, Rachkov era un agente de refinados gustos y habilidades, que dominaba a la perfección varios idiomas y que era profundamente despiadado con sus semejantes.

Al calor de la *perestroika* y de la *glásnost* de Gorbachov, vemos a Rachkov convirtiéndose de la noche a la mañana en un agente corrupto del cada vez más desarticulado KGB. Había abandonado Polonia tras la muerte de Koch en 1986 y, al regresar a Moscú, se encontró con una situación económica y social desoladora. Él y otros agentes se integraron rápidamente en las poderosas mafias rusas que tanto poder adquirieron en tan pocos años. Según el FBI, Rachkov se encumbró a la cima de uno de los grupos más poderosos en poco menos de una década, vendiendo submarinos, helicópteros de combate blindados y misiles tierra-aire a los cárteles rusos y sudamericanos de la droga. Pronto se hizo con el control de varios bancos en los paraísos fiscales del Caribe, a través de los cuales blanqueaba el dinero ilegal de sus actividades criminales, dinero con el que adquirió, asimismo, varios de los clubes nocturnos y casinos más cotizados del sur de Florida, en Estados Unidos, así como varias cadenas de hoteles por todo el mundo. En la actualidad, a sus sesenta y siete años, tras adoptar la personalidad del exquisito coleccionista, honrado hombre de negocios y filántropo de las artes conocido como Vladimir Melentiev, residía plácidamente en un castillo de su propiedad en las inmediaciones de Tbilisi, en la república de Georgia, entre Armenia y Turquía, dejando a cargo de importantes bufetes internacionales la gestión de sus negocios y la dirección de los mismos en manos de su hijo mayor, Nicolás Serguéievich Rachkov.

Tuve que leer varias veces el abultado legajo de papeles que se formó con toda aquella información una vez impresa. Veía los nexos de unión entre las historias y veía también los cabos sueltos y, aunque había cosas que no podían encajar de ninguna manera por falta de algún dato importante, otras ajustaban perfectamente como las piezas de un endemoniado rompecabezas.

Koch y Sauckel, Sauckel y Koch... La guerra mundial, Helmut Hubner, el *Mujiks* de Krilov, un agente del KGB, la Operación Pedro el Grande... ¿Qué demonios podía significar todo aquello? ¿Qué tipo de cóctel explosivo formaban aquellos ingredientes...? Y, por si algo faltaba, la noche anterior a la reunión del Grupo llegó la traducción hecha por Uri Zev del texto de la cartela del *Jeremías* que yo había mandado a Roi después de aplicar el código *Atbash*. De las tres palabras alemanas que Uri Zev había encontrado en el mensaje de Koch al pasar las letras del alfabeto hebreo codificado al alfabeto latino, «*Bernsteinzimmer. Gauforum. Weimar*», sólo la última tenía sentido para mí... Aunque, por desgracia, las otras dos llegarían también a tenerlo muy pronto.

Aquella noche, mientras repasaba los documentos, tuve claro que algo muy importante, muy grave y muy peligroso se escondía detrás de aquella trama de hilos multicolores. ¿Por qué, si no, Melentiev había contratado al Grupo de Ajedrez precisamente ahora para recuperar el *Mujiks*? En octubre de 1941 la pintura de Krilov había sido robada por los comandos alemanes del Museo Estatal de Leningrado y había ido a parar a Königsberg, donde reinaba Erich Koch. El 31 de agosto de 1944, a pocos meses del final de la Segunda Guerra Mundial, con una Alemania prácticamente derrotada, los bombardeos aliados casi destruyeron la ciudad y es de suponer que Koch empezó a pensar en poner a salvo sus tesoros. A principios de 1945, cuando el Ejército Rojo cercaba Königsberg, Koch había enviado el cuadro y el resto de sus innumerables riquezas a su amigo Fritz Sauckel, *gauleiter* de Turingia, quien, más tarde, durante el juicio de Núremberg, había manifestado que aquellas obras de arte habían salido de Weimar en abril de ese mismo año con destino a Suiza. Sin embargo, veinte años después, en 1965, el *Mujiks* reaparece en el catálogo de la, por aquel entonces, modesta colección particular de Helmut Hubner, un diestro aviador de la Luftwaffe destinado en Königsberg en 1944. En esta colección particular permanece hasta que *alguien* (o sea, yo) se la arrebata en 1998 para entregarla a un antiguo agente del KGB que, camuflado de carcelero, había trabajado veintisiete años en la prisión de Barczewo, donde cumplía condena Erich Koch.

En algún momento de este largo periplo, el propio Koch, o alguna otra persona, pegó el lienzo de *Jeremías* en la parte posterior del *Mujiks*, y tuvo que hacerlo después de 1949 (año en que fue pintado), mientras el antiguo *gauleiter* de la Prusia Oriental permanecía oculto en alguna parte de la zona alemana de ocupación británica, con Sauckel muerto y con Hubner retirado en su casa de Pulheim. Lo cual dejaba bien a las claras que el *Mujiks* de Krilov no había viajado nunca a Suiza, como dijo Sauckel, sino que, probablemente, jamás había salido de Weimar, la ciudad cuyo nombre aparecía mencionado en el mensaje dejado por Koch en el *Jeremías*.

La cabeza me daba vueltas a estas alturas y sentía una desagradable sensación de vértigo mientras avanzaba a oscuras por el pasillo de casa en dirección a la cocina. Necesitaba tomar algo, cualquier cosa, con tal de despejarme y cambiar de escenario. El aire del despacho estaba caliente y cargado del humo de mis cigarrillos y mis nervios parecían a punto de desparramarse como hojas secas. Encendí la fría luz blanca del neón de la cocina y parpadeé deslumbrada, apoyándome sin notarlo sobre el quicio de la puerta.

No cabía ninguna duda de que lo que Melentiev buscaba era el falso reentelado, el *Jeremías* de Koch y, seguramente, era el mensaje de la cartela lo que más le interesaba. Por alguna razón conocía la existencia del lienzo, que quizá tuviera mucho que ver con la maldita Operación Pedro el Grande (si es que no *era* directamente la Operación Pedro el Grande) y no parecía haber demasiadas sombras ocultando su propósito: las riquezas robadas por Koch, los tesoros desaparecidos en Weimar a principios de 1945. Era bastante probable que los sucesivos dictadores soviéticos hubieran estado interesados en recuperar lo que los nazis les habían robado, hasta el punto de colocar a un espía cerca de Koch durante tantos años y, sin duda, ésa era la razón por la cual no se había llevado a cabo la pena de muerte: la esperanza final en una confesión que, según dejaba adivinar el desarrollo posterior de los hechos, jamás llegó a producirse. Pero ¿por qué no forzaron a Koch, por qué no le obligaron mediante torturas o cualquier otro medio igualmente expeditivo a declarar el escondite de sus tesoros? Las delicadezas y los buenos modales no eran, precisamente, los métodos más corrientes empleados por los soviéticos para conseguir sus objetivos. ¿Por qué habían sido tan comedidos y tan débiles con Koch?

Mi cuerpo avanzó por sí mismo, sin intervención de mi voluntad, hacia el centro de la cocina. Debía desear algún movimiento, algo que rompiera la agotadora inmovilidad en la que me hallaba sumida desde hacía un buen rato. Desperté ligeramente de mi ensueño, pero no abandoné mis reflexiones mientras abría la portezuela de uno de los armarios y cogía un vaso limpio en el que derramé, inconscientemente, un líquido desconocido que, al primer trago, se reveló como leche fría.

¿Y qué pintaba Helmut Hubner en toda aquella historia? Debió conocer a Koch en Königsberg en 1944 y debieron hacerse bastante amigos, tanto como para que Koch le hiciera entrega del *Mujiks* con el *Jeremías* ya adherido en la parte posterior, lo cual indicaba que entre Koch y Hubner habían existido contactos posteriores a 1949. Quizá le había visitado en la cárcel y allí... ¡Un momento! Eso no era posible. Los rusos enviaron a Melentiev a Barczewo simultáneamente a la llegada de Koch, de forma que si éste le hubiera entregado algo a Hubner, el agente lo habría sabido en el mismo momento. Además, en todas las cárceles del mundo las visitas son registradas físicamente tanto a la entrada como a la salida, y mucho más en Barczewo, donde Koch debía ser la estrella del espectáculo. Tampoco era lógico sospechar que Koch hubiera entregado a Hubner el *Mujiks* con el *Jeremías* durante los diez años que permaneció detenido a la espera de juicio, desde 1949 hasta 1959, porque debía estar sometido, igualmente, a una estrecha vigilancia. De modo que sólo había podido entregarle el cuadro en el breve espacio de tiempo comprendido entre la realización del *Jeremías* y su detención ese mismo año, lo que aproximaba, de nuevo, dos datos aparentemente inconexos: ¿Estaría Pulheim en la zona de ocupación británica? ¿Pasó Koch aquellos cuatro años en casa de Hubner? Debía comprobarlo inmediatamente.

Me precipité por el pasillo hacia el despacho y examiné el atlas histórico que había estado consultando mientras cotejaba las notas y la documentación. En efecto, Pulheim, en las inmediaciones de Colonia, había quedado en la zona de ocupación británica después de la guerra, así que la conjetura podía ser cierta, aunque habría que comprobarla.

Otra cosa que saltaba a la vista era la ignorancia de Hubner acerca del *Jeremías* oculto tras el cuadro de Krilov. Si hubiera conocido su existencia, lo más lógico hubiera sido apoderarse de los tesoros de Koch tras la muerte de éste en 1986. Sin embargo, el hecho de que Melentiev nos hubiera contratado para robar el *Mujiks* evidenciaba que todavía era deseable la posesión de su secreto, de modo que Hubner no debía tener ni idea de lo que había estado ocultado en su colección particular durante treinta y tres años.

Apagué el ordenador y la luz de la mesa, y salí del estudio bostezando ruidosamente por el pasillo, camino de mi habitación. Sólo una cosa más martilleaba mi cerebro mientras abría la cama y me disponía a acostarme: ¿Qué demonios querían decir las palabras *Bernsteinzimmer* y *Gauforum*...?

Afortunadamente, al día siguiente era domingo y el Grupo de Ajedrez tenía convocada su reunión a las nueve y media de la mañana.

—¿Alguien tiene algo que añadir a lo que ha expuesto Peón?

Acababa de contar al Grupo mis reflexiones de la noche anterior respecto a los documentos recogidos por Läufer en la red. Me sentía profundamente orgullosa de mí misma y esperaba un cúmulo de alabanzas por parte de mis compañeros. Era lo menos que podían hacer ante unas deducciones tan brillantes, ¿no?

—Creo que deberíamos entregar el cuadro a Melentiev y olvidarnos de todo este asunto —dijo Rook.

¡Bien por la Torre! Había aplastado de un solo golpe mi inflada vanidad.

—Yo creo que debemos seguir investigando —escribió Cavalo, con gran alivio de mi corazón—. En primer lugar, porque olvidarlo todo ahora sería una locura. Después de lo que Peón nos ha contado, no podemos retroceder y hacer como que no ha pasado nada. Y, en segundo lugar, porque si nadie ha encontrado todavía esos tesoros, nosotros tenemos tanto derecho como el que más a intentar apoderarnos de ellos.

—ES CIERTO. TENEMOS TODO EL DERECHO DEL MUNDO A MORIR A MANOS DE MELENTIEV.

—Melentiev no sabe quiénes somos —aclaré

yo—. Ni siquiera sabe quién es Roi. Nadie conoce nuestras identidades, ni puede conocerlas.

—Dejémonos de tonterías, por favor —cortó bruscamente Donna—. Este asunto está fuera de discusión. Somos el Grupo de Ajedrez, ¿no es cierto? Así que, Läufer, por favor, ¿podrías explicarnos de una vez el sentido de esas palabras del mensaje del *Jeremías* para que podamos continuar?

—BUENO, PUES SI LOS DOCUMENTOS QUE OS HE MANDADO OS HAN PARECIDO INTERESANTES, LO QUE VOY A CONTAROS AHORA OS VA A DEJAR SIN RESPIRACIÓN.

—Habla de una vez, Läufer —le apremié. Sentía verdadera necesidad de conocer, por fin, el secreto de Koch.

En ese momento, unos golpecitos discretos distrajeron mi atención. Levanté la mirada de la pantalla del ordenador y vi la cara de Ezequiela que asomaba por la puerta del despacho.

—Me voy a misa, ¿quieres que te traiga algo?

—El periódico, por favor —respondí apresuradamente, volviendo a mirar la pantalla con impaciencia—. ¡Y el suplemento dominical!

—Muy bien. Hasta luego.

—¡Hasta luego!

—PEÓN TENÍA RAZÓN EN TODO MENOS EN UNA COSA —estaba diciendo Läufer, muy ufano—. NO SON LOS TESOROS ROBADOS POR KOCH LO QUE QUERÍAN RECUPERAR LOS RUSOS CON SU OPERACIÓN PEDRO EL GRANDE, NI TAMPOCO LO QUE PERSIGUE MELENTIEV INTENTANDO APROPIARSE DEL *JEREMÍAS*. ¡ES MÁS, NI SIQUIERA ERAN LOS TESOROS LO QUE MÁS IMPORTABA A KOCH!

—¿Ah, no? —me amotiné—. ¿Y qué era lo que le importaba, si puede saberse?

—¡JAMÁS TE LO IMAGINARÍAS, MI ADMIRADO PEÓN! ES ALGO QUE VALE MUCHO MÁS QUE CUALQUIER TESORO, EL OBJETO MÁS CODICIADO DE ESTE SIGLO, UNA DE LAS SEÑAS DE IDENTIDAD Y ORGULLO NACIONAL DEL PUEBLO RUSO.

—Estoy impresionada...

—¡Suéltalo ya, Läufer! —bramó Donna, impaciente.

—YO, COMO TODOS VOSOTROS, RECIBÍ DE ROI EL MENSAJE TRADUCIDO POR URI ZEV... Y PUEDO ASEGURAROS QUE LA SANGRE SE ME HELÓ EN LAS VENAS. ¡*BERNSTEINZIMMER*, MIS QUERIDAS PIEZAS DE AJEDREZ! ESTAMOS HABLANDO, NI MÁS NI MENOS, QUE DEL *BERNSTEINZIMMER*.

—Roi, por favor... —suplicó Donna.

—Está bien, Läufer, yo lo contaré —terció Roi para evitar un serio conflicto—. *Bernsteinzimmer* es una palabra alemana que significa «Salón de Ámbar». ¡Toda una leyenda en la historia del arte! Fue construido por el artista danés Gottfried Wolffram a principios del siglo XVIII, durante el reinado del primer rey de Prusia, Federico I, y era utilizado como habitación de fumar en el palacio de Charlottenburg, en Berlín. Para que os hagáis una idea aproximada, he recuperado mis viejas notas sobre el tema y puedo deciros que el Salón de Ámbar era un revestimiento de 55 metros cuadrados de placas de ámbar semitransparente del Báltico, en tonos que iban del amarillo al naranja, al que habría que añadir, además, el conjunto de muebles, mosaicos y accesorios labrados en el mismo material precioso. Como veis, es justa la definición de «octava maravilla del mundo» que le acompañó desde su creación.

Un silbido admirativo sonó a través de mis altavoces. Läufer andaba jugando de nuevo con los efectos especiales.

—Una cosa así no tiene precio... —manifestó Cavalo.

—No, no lo tiene —siguió Roi—. En 1716, el zar Pedro I el Grande visitó en su palacio berlinés al nuevo rey prusiano, Federico Guillermo I, hijo del anterior, y quedó maravillado por el Salón de Ámbar. Federico Guillermo, que estaba en guerra con Suecia por el gran territorio de la Pomerania, le *regaló* el salón a Pedro a cambio de un ejército de granaderos armados.

—Parece que la Operación Pedro el Grande tiene mucho que ver con todo esto. Por lo menos, coincide significativamente el nombre de uno de los protagonistas.

—Es indudable —sentenció nuestro informador—. El salón fue temporalmente instalado en el Palacio de Invierno de San Petersburgo, ciudad que, como sabéis, fue fundada por este zar en 1703 y convertida por él en capital de Rusia en 1715. Al poco tiempo, fue trasladado al Palacio de Katarina, en la actual localidad de Pushkin, conocida entonces como Tsarskoie Selo, o ciudad de los zares. Esta ciudad también había sido fundada por Pedro a principios del siglo XVIII, a unos veinticinco kilómetros de la capital, y regalada con posterioridad a su esposa Catalina, que mandó construir allí un pequeño palacio utilizado desde entonces como

Palacio de Verano por la familia imperial. Sin embargo, los paneles de ámbar del Báltico eran insuficientes para recubrir la totalidad del nuevo espacio que le había sido destinado, así que el artista Carlo Rastrelli y su ayudante Martelli trabajaron durante cinco años para remodelar y adaptar el salón barroco original a su nueva ubicación, enriqueciéndolo con increíbles elementos ornamentales, como el cielo raso abovedado bañado en oro o el suelo de maderas tropicales con incrustaciones de nácar.

El mismo silbido de admiración volvió a escucharse repetidamente por los altavoces.

—Y ya sólo queda añadir que, en octubre de 1941, tras la captura de Leningrado por el ejército alemán, el Salón de Ámbar fue desmontado y, como tantos otros tesoros de la antigua San Petersburgo, trasladado a la ciudad que todos ahora conocemos tan bien: Königsberg, capital de la Prusia Oriental.

—¡Königsberg! —escribió Donna entre admiraciones.

—¡El reino de Koch! —la imitó Cavalo.

—Según mis notas —terminó Roi—, la última vez que se vio el Salón de Ámbar fue a finales de agosto de 1944, en el palacio de Königsberg.

—El 31 de agosto de 1944 tuvieron lugar los bombardeos aliados sobre la ciudad —recordé yo.

—DE MODO QUE EL SALÓN DE ÁMBAR FUE ROBADO Y ESCONDIDO POR KOCH Y LA OPERACIÓN PEDRO EL GRANDE ESTABA DESTINADA A RECUPERARLO. PARA EL PUEBLO RUSO ESTA OBRA DE ARTE ES COMO LA TORRE EIFFEL PARA LOS FRANCESES O EL COLISEO PARA LOS ITALIANOS. NADA SERÍA MÁS IMPORTANTE QUE TENERLA DE NUEVO EN CASA.

—Hasta el punto —añadió Roi— de estar construyendo una réplica en la misma estancia del palacio de Tsarskoie Selo. Un grupo de especialistas, carpinteros y escultores trabajan en la reconstrucción del salón a partir de fotografías en blanco y negro de 1936. Es más, como es imposible conseguir el precioso material anaranjado con el que se construyó originalmente, han elaborado diversos métodos para tintar el ámbar, como el de hervir los paneles con miel.

—¡Pero si Rusia está en bancarrota! —se escandalizó Rook—. ¡No pueden permitirse semejante dispendio!

—Por lo que yo sé, los trabajadores y responsables del proyecto no cobran el sueldo desde hace bastantes años, pero no les importa. Es mucho más importante para ellos volver a tener el Salón de Ámbar. Aunque sea una copia.

—Es evidente que Melentiev no consiguió la tan deseada confesión del preso de Barczewo —declaró Donna.

—No —repuse—. Pero averiguó la existencia de un cuadro pintado por Koch en el que podía encontrarse la clave para hallar el escondite del salón y, probablemente, del resto de los tesoros del *gauleiter*. Quizá se lo dijo el mismo Koch antes de morir y Melentiev se guardó el secreto a la espera de poder quedarse con todo.

—Pero Melentiev es rico... No le hace falta más.

—Nunca se tiene suficiente —comentó despectivamente Rook.

—Quizá lo que desea es el salón —prosiguió Cavalo, dándole vueltas al tema—. Imaginaos que fuera él quien lo encontrara y lo restituyera a su país: el hombre que lograra algo así obtendría un profundo reconocimiento nacional y podría hacerse fácilmente con la presidencia del país o algo por el estilo. Quizá desea poder político.

—Opino como Cavalo —confirmé—. Melentiev no está interesado en los tesoros de Koch. Sólo quiere el Salón de Ámbar. Es ruso y, aunque corrupto y mafioso, recuperarlo sería un orgullo para él.

—¿Y por qué ha esperado hasta ahora para contratarnos y conseguir el cuadro de Krilov?

La pantalla quedó momentáneamente detenida y vacía.

—PORQUE SOMOS LOS MEJORES —repuso Läufer con humor—. EN CUANTO OYÓ HABLAR DE NOSOTROS, SUPO QUE HABÍA LLEGADO EL MOMENTO DE ACTUAR.

Unas carcajadas activadas por él mismo corearon su afirmación, pero, acto seguido, se escuchó con inequívoca claridad un largo y estruendoso rebuzno.

—¿QUIÉN HA SIDO EL GRACIOSO, EH?

Por toda respuesta, una rosa encarnada ascendió por la pantalla blanca exhibiendo un letrero que decía: PARA LÄUFER.

—¿CONQUE HAS SIDO TÚ, VERDAD, DONNA? —exclamó ofendidísimo el genio informático, olvidando que había sido él quien le había enviado a ella la misma rosa encarnada en otra ocasión—. NO SABÍA QUE TUVIERAS SENTIDO DEL HUMOR.

—No tienes por qué saberlo todo —respondió despectivamente Donna, acompañando su afirmación con una ristra de «Jas» que ocuparon unas dos o tres líneas.

Si yo hubiera sido Donna, ni loca me habría aventurado a tanto. No me cabía ninguna duda que la cabeza de Läufer ya estaba maquinando el peor de los desquites. Pero Donna era una italiana de bandera, una especie de Anna Magnani pasional e irreductible, alguien incapaz de dejarse pisar y olvidarlo.

—Bueno, ya estoy harto —exclamó Roi—. Läufer, Donna... ¡Por favor!

—VALE. TRANQUILO.

—¿Y la segunda palabra del mensaje de Koch, *Gauforum*? —interrumpí por las bravas.

—Eso, *Gauforum*, ¿qué quiere decir? —preguntó también Cavalo.

—EL GAUFORUM —comenzó a explicar Läufer a regañadientes— ERA EL VIEJO LANDESMUSEUM, EL MUSEO PROVINCIAL DE WEIMAR. DURANTE LA SEGUNDA GUERRA MUNDIAL... ATENCIÓN A ESTO... ¡FUE LA RESIDENCIA PARTICULAR DEL *GAULEITER UND REICHSSTATTHALTER* FRITZ SAUCKEL!, PERO QUEDÓ PRÁCTICAMENTE DESTRUIDO POR LOS BOMBARDEOS ALIADOS. O SEA, EN RUINAS. EN 1954 FUE SUSTITUIDO POR EL MODERNO STADTMUSEUM Y EN LA ACTUALIDAD ESTÁN A PUNTO DE CULMINAR LAS OBRAS DE RESTAURACIÓN QUE VAN A CONVERTIRLO EN EL NEUES MUSEUM, ES DECIR, EN EL «NUEVO MUSEO». SU INAUGURACIÓN ESTÁ PREVISTA PARA EL PRÓXIMO 1 DE ENERO, DENTRO DE TRES MESES, CON MOTIVO DE LA NOMINACIÓN DE WEIMAR COMO CAPITAL EUROPEA DE LA CULTURA. POR LO QUE HE PODIDO VER EN EL PROYECTO, DEL VIEJO EDIFICIO SÓLO SE HA RESPETADO LA FACHA-

DA. EL INTERIOR, QUE ERA UN PUÑADO DE ESCOM-
BROS, HA SIDO COMPLETAMENTE RECONSTRUIDO.

—¿Quieres decir que ya no existe? —me sor-
prendí.

— NO, YA NO EXISTE.

Mis dedos quedaron paralizados sobre el teclado. De repente no sabía qué decir. Era desesperante comprobar que tantos días de febril actividad
habían quedado reducidos a cenizas en menos de
un segundo. El mensaje secreto de Koch tenía sólo
tres palabras: la primera, Bernsteinzimmer, indicaba el qué; la segunda y la tercera, Weimar y Gauforum, indicaban el dónde. Pero ahora resultaba que
el viejo Gauforum de Sauckel ya no existía y que el
salón podía estar perdido de nuevo para siempre
puesto que el edificio que supuestamente lo contenía había sido derruido. «¡Maldita sea!», pensé. La
inmovilidad de la pantalla revelaba que mis compañeros estaban tan desconcertados y abatidos
como yo.

—BUENO, BUENO... NO OS DESANIMÉIS, MIS QUE-
RIDAS PIEZAS...

¿Läufer era idiota o qué?

—VUESTRO AMIGO LÄUFER TIENE UNA SORPRESI-
TA GUARDADA EN LA CHISTERA.

Sí, era idiota. Definitivamente idiota.

—CUANDO INVESTIGUÉ EL PROYECTO DE RECONS-
TRUCCIÓN DEL GAUFORUM LLEGUÉ A LA CONCLUSIÓN
DE QUE SÓLO HABÍAN PODIDO OCURRIR DOS COSAS:
UNA, QUE EL BERNSTEINZIMMER HABÍA SIDO ENCON-
TRADO Y VUELTO A ESCONDER EN ALGÚN OTRO LUGAR
(COSA HARTO IMPROBABLE PORQUE LAS OBRAS CO-
MENZARON HACE DIEZ AÑOS Y, EN ESTE TIEMPO, ALGO

SE HABRÍA SABIDO) O, DOS, QUE EL BERNSTEINZIMMER NO HABÍA SIDO ENCONTRADO... Y SI NO HABÍA SIDO ENCONTRADO SÓLO PODÍA DEBERSE A QUE: UNO, NO ESTABA EN EL GAUFORUM O, DOS, SÍ ESTABA EN EL GAUFORUM PERO NO EN EL EDIFICIO DEL GAUFORUM. «COMO NO PUEDE ESTAR EN CIELO —ME DIJE—, TIENE QUE ESTAR EN EL INFIERNO.» ASÍ QUE ME PUSE A BUS-CAR EN LOS ARCHIVOS URBANÍSTICOS DEL *LAND* DE TU-RINGIA Y, FINALMENTE, ENCONTRÉ LA RESPUESTA.

Bueno, después de todo, quizá no era tan idio-ta como yo pensaba.

—ENCONTRÉ UN INFORME DE PRINCIPIOS DE LOS AÑOS SESENTA, FIRMADO POR EL INGENIERO DEL RAT-HAUS, EL CONSEJO... NO, SERÍA MEJOR DECIR EL AYUN-TAMIENTO, EL GOBIERNO LOCAL O ALGO ASÍ. BUENO, PUES ESTE HOMBRE HABÍA BAJADO A LAS CANALIZA-CIONES SITUADAS BAJO EL ANTIGUO GAUFORUM POR UN PROBLEMA EN EL SUMINISTRO DE AGUA DE LA CIU-DAD Y SE ENCONTRÓ CON UN AUTÉNTICO LABERINTO DE GALERÍAS: MUROS DOBLES, PASILLOS TAPIADOS, TU-BOS DE DISTRIBUCIÓN SIN PRINCIPIO NI FIN, PLANCHAS METÁLICAS DE PROTECCIÓN, HUECOS ABSURDOS, TE-CHOS FALSOS... RECORRER AQUEL DÉDALO LE LLEVÓ VARIOS DÍAS Y QUEDÓ CONVENCIDO DE QUE NO HA-BÍA PODIDO EXAMINARLO TODO. ESTE INGENIERO MENCIONABA DE PASADA EN SU INFORME QUE AQUE-LLAS GALERÍAS HABÍAN SIDO CONSTRUIDAS DURANTE LA SEGUNDA GUERRA MUNDIAL... Y, ATENCIÓN AHO-RA... ¡POR LOS TRABAJADORES FORZADOS DEL CERCA-NO CAMPO DE CONCENTRACIÓN DE BUCHENWALD!

—¡Bien, Läufer, bien! —exclamó Roi entusias-mado—. ¡Eso es lo que yo llamo un magnífico tra-bajo!

—Sin duda —afirmé encantada—. Enhorabuena, Läufer. Sigues siendo mi pirata informático favorito.

—¡HEY, ROOK! ¿QUÉ TE PARECE?

—¡Eres el mejor, muchacho, el mejor! Tienes que darme tu opinión sobre la crisis de los mercados bursátiles. Si caen un poco más, algunos de nosotros estaremos arruinados.

—Éste no es el momento, Rook —sentenció Roi torvamente.

—¡Pues tú serás de los más afectados, Roi! En este momento llevas perdidos varios millones de francos. Y tú de liras, Donna. Y tú, Cavalo, un montón de escudos.

Afortunadamente, Rook no era mi agente de bolsa. Mis pequeñas inversiones las gestionaba a través de mi banco y no eran tan importantes como para preocuparme por ellas. En cualquier caso, y aunque hubiera perdido una respetable cantidad de dinero, nunca sería tanto como lo que me venía robando regularmente mi tía Juana.

—¡Bueno, ya está bien! —Roi quería cortar, como fuera, la verborrea de Rook, pero no lo consiguió. Lo cierto es que tanto Läufer como Rook eran, cada uno a su manera, una verdadera pesadilla. Y juntos, una epidemia de peste bubónica.

—¡DÉJALE HABLAR, HOMBRE, ROI! EL POBRE ROOK SÓLO ME HA PEDIDO UNA OPINIÓN QUE YO ESTOY DISPUESTO A DARLE.

—¡Pero no aquí y, desde luego, no ahora!

—En realidad, lo que yo quería dejar claro era la conveniencia de acercarnos por Weimar para ver si podíamos apoderarnos de esos tesoros y de ese salón. Si la crisis sigue como hasta ahora, te aseguro Roi que vas a tener que vender tu maravilloso castillo del Loira.

—¡Ya será menos! —exclamó Donna, preocupada.

—Querida Donna, tú precisamente puedes verte obligada a cerrar tu escuela y tu magnífica empresa si el Dow-Jones de Nueva York y el Mibtel de Milán continúan desplomándose. Y si tú cierras, el Grupo de Ajedrez lo iba a pasar muy mal.

—¡ES SUFICIENTE!

Roi era poco dado a gritar, pero cuando lo hacía, raro era que no se le obedeciera ciegamente. Y esta vez no fue una excepción. De nuevo la pantalla quedó detenida y yo imaginé a cinco personas petrificadas frente al ordenador en aquella pacífica mañana de domingo.

—¡Es suficiente! —repitió el príncipe, quitando las mayúsculas.

—ROOK TIENE RAZÓN, ROI.

—Yo también estoy de acuerdo... —apostilló Donna, muy afectada por la amenaza de la Torre.

—No quisiera disgustarte, Roi —intervino delicadamente Cavalo—, pero creo que todos estamos de acuerdo en que apoderarnos de los tesoros de Koch sería una buena idea. Sabemos más que nadie sobre ellos y, a fin de cuentas, somos un grupo de ladrones de obras de arte.

Roi permaneció silencioso unos instantes y, luego, quiso conocer mi opinión:

—¿Y tú qué dices, Peón? El peso fundamental de ese trabajo recaería sobre ti. ¿Te sientes capaz de afrontar un descenso a los subsuelos de Weimar?

—Lo cierto es que no.

—¿NO? ¡PERO...! ¡PEÓN, SI YO TE HE VISTO TRA-BAJAR! PUEDES HACERLO PERFECTAMENTE.

—No. Sigo diciendo que no.

—Explícate —me rogó el príncipe.

—Sin un mapa de esas galerías (y estoy segura de que no existe) me niego a descender yo sola a la búsqueda de unos tesoros escondidos hace más de cuarenta años. Además, ¿y si Koch hubiera puesto trampas, cargas explosivas o cualquier otro tipo de cariñoso abrazo de bienvenida? Eso sin contar con que, de haber sido fácil su localización, ese ingeniero de Weimar habría encontrado el escondite después de recorrer el laberinto durante varios días. Podría perderme, morir de hambre, caer herida o desaparecer para siempre allí dentro... No. Definitivamente mi respuesta es no.

—¿Y SI FUERAS ACOMPAÑADA...? ¡NO LO DIGO POR MÍ, CLARO! YA SABES LO MAL QUE LO PASÉ CUAN-DO LO DEL CASTILLO DE KUNST. MI MEJOR PAPEL LO REPRESENTO DELANTE DE LOS ORDENADORES... PERO OTRO U *OTRA* PODRÍAN ACOMPAÑARTE.

—Yo soy demasiado mayor —se apresuró a se-ñalar Donna, en previsión de esa *otra* indicada en cursiva por Läufer.

—Yo no puedo abandonar la *city* en estos mo-mentos de crisis.

—Tres eliminados —comenté con sorna—. Quedáis dos... ¿Roi? ¿Cavalo?

—Tengo setenta y cinco años, Peón. ¡Bien sabe Dios que estaría dispuesto a acompañarte! Pero sólo te causaría más problemas.

—¿Cavalo...?

—Cuenta conmigo.

¿Por qué comenzó a bailarme una sonrisilla floja en los labios?

—¡CAVALO ES PERFECTO PARA ACOMPAÑAR A PEÓN!

—¡Calla, cobarde! —le dije de broma.

—¡NO, DE VERDAD! ES PERFECTO. ¡SI HABLA ALEMÁN MEJOR QUE YO!

—Bueno, yo también sé defenderme... —añadí, aunque lo cierto es que sólo sabía decir cuatro palabras—. Además, no vamos a mantener una conversación con nadie.

—De todas formas, existe un pequeño inconveniente —matizó José—: mi hija está en casa estos días. Se ha peleado con su madre y se quedará conmigo hasta Navidad.

—Entonces no podrás escoltarme.

—Buscaré la forma de arreglarlo. No te preocupes.

—De acuerdo entonces. Peón y Cavalo llevarán a cabo el trabajo.

Se notaba que Roi no estaba muy conforme con esta solución. Eso de dejarnos solos tanto tiempo, viajando juntos por ahí, teniendo como tenía yo antecedentes de lujuriosos deseos, no terminaba de convencerle. Pero no le quedaba más remedio que callar, porque Cavalo había sido el único que se había mostrado dispuesto a acompañarme. Y yo, con José, me sentía capaz de bajar adonde hiciera falta. ¿Acaso había algo más romántico que un largo paseo en penumbra... por unas viejas, sucias y malolientes alcantarillas alemanas?

—Bien, realizaremos esta operación como cualquier otra operación del Grupo. Damas y caballeros, damos por iniciada en el día de hoy la Operación Pedro el Grande. —Roi se disponía a cerrar la reunión con la letanía de siempre—. Creo que vale la pena conservar este nombre. Ya saben que, desde este momento, quedan interrumpidas todas las comunicaciones y encuentros personales entre ustedes... excepto entre Peón y Cavalo, por supuesto. Cualquier aviso, intercambio o noticia deberá realizarse a través de mí, y siempre con el código del Grupo, la cifra privada individual de cada uno y la clave secreta que yo les daré y que, como ya saben, tienen prohibido comunicar a los demás. Recuerden que atrapar al Grupo de Ajedrez es el sueño dorado de cualquier miembro de Interpol. Y no lo olviden: la máxima seguridad es la máxima ventaja. Si alguno cae, caemos todos.

3

Cavalo y yo caminábamos por unos largos túneles cuando, de repente, sonó insistentemente el timbre del teléfono. «Debe de ser para ti», le dije sin volverme a mirarle. Debió contestar, porque a la tercera o cuarta llamada, el ruido cesó. Seguimos avanzando hacia una puerta parecida a la del castillo de Kunst y el condenado timbre volvió a sonar. «¿Por qué te llaman tanto por teléfono?», pregunté empujando la puerta y saliendo a un prado bañado por una radiante luz de sol. «Contesta de una vez, por favor, José», supliqué nerviosa. Otros tres o cuatro timbrazos después, Cavalo contestó. Me encaminé hacia un gran árbol cuyo tronco estaba seco y agrietado. Una resquebrajadura en la corteza permitía colarse en el interior, y pude divisar unas escaleras. Pero entonces volvió a sonar el desesperante timbre del teléfono. «¡José, por favor!», exclamé enfadada, girándome hacia él. Y entonces vi que no era a José a quien tenía detrás, sino a Ezequiela. «¿Ezequiela...? ¿Qué estás haciendo en Weimar?»

Abrí los ojos sobresaltada y agucé el oído: estaba en mi propia habitación y el teléfono que sonaba era el del salón.

—¡Oh, no, maldita sea! —murmuré, haciéndome de nuevo un ovillo y metiendo la cabeza bajo la almohada.

Pero incluso así, la voz de Ezequiela, alegre como unos cascabeles, llegaba hasta mi adormilado cerebro arrancándome a tirones de la cálida conmoción del sueño.

«¡Sí, sí, gracias! Estoy muy contenta de que te hayas acordado —exclamaba seductoramente—. A las cinco, sí. No faltes, ¿eh?»

Suspiré. Era el cumpleaños de Ezequiela... Bueno, pues ya había sonado el toque de diana, me dije, y me incorporé dificultosamente intentando alejar de mí las telarañas del sueño. Aquel día iba a ser muy largo. El teléfono no dejaría de sonar, la puerta se abriría y cerraría mil veces y todas las amigas de Ezequiela vendrían a merendar cargadas de regalos, convirtiendo mi casa en una cafetería abarrotada de enloquecida tercera edad.

Salté de la cama y me dirigí a la cómoda, en uno de cuyos cajones había escondido la tarde anterior el regalo para mi vieja criada. Como nunca sabía muy bien qué comprarle, cada año me echaba a temblar cuando se avecinaba el 14 de octubre y siempre terminaba adquiriendo, a última hora, la cosa más absurda que se pueda imaginar. Pero Ezequiela, un año tras otro, aparentaba que mis regalos eran aquello que, precisamente, ella más deseaba y me hacía muchísimas fiestas y aspavientos de alegría. Esperaba que el juego de baño que le había comprado, a tono con los azulejos de su aseo, le gustara.

—¡Feliz cumpleaños! —grité mientras salía de la habitación con el paquete entre los brazos.

—¡Gracias, gracias! Estoy muy contenta de que te hayas acordado.

Fruncí el ceño al escuchar la gastada frase pero el enfado se me pasó enseguida al verla venir hacia mí con los brazos extendidos y cara de beatífica felicidad. No se anduvo con remilgos: me dio dos besos rápidos y me quitó el paquete de las manos.

—¿Qué es? —preguntó emocionada mientras arrancaba el papel de regalo.

—¿Para qué me lo preguntas si estás a punto de descubrirlo? —le dije sonriendo—. ¡No te cortes, anda! Ábrelo a gusto. Voy a ponerme un café.

Desde la cocina, la oí soltar exclamaciones admirativas y no pude reprimir la misma duda que me embargaba todos los años, tal día como aquél. Unas manifestaciones tan exageradas de entusiasmo no casaban bien con un dispensador de gel, una jabonera y un vaso para el cepillo de dientes. Pero, en fin... No cabía ninguna duda de que Ezequiela era muy agradecida.

Entró en la cocina y se aupó sobre las puntas de los pies al tiempo que me empujaba hacia abajo por el hombro para plantarme otro beso más en la mejilla.

—¡Es precioso! ¡Precioso! ¡A juego con los azulejos de mi aseo! Gracias, Ana, no sabes...

Afortunadamente, el timbre del teléfono volvió a sonar y salió despedida en dirección al salón.

Allí la dejé cuando cerré la puerta de casa y bajé los cuatro escalones del zaguán. Llevaba bajo el brazo una carpeta con los últimos documentos enviados por Läufer: una amplia colección de fotografías del remozado Gauforum de Weimar y de la gigantesca Beethovenplatz, la vasta explanada en uno de cuyos flancos se hallaba situado, con marcas que indicaban todas las bocas de alcantarilla por las que se podía descender al subsuelo. Había fotografías también de las calles adyacentes y un plano ilegible del centro de la ciudad con una gran cruz señalando la ubicación del Gauforum.

A mediodía comí en un mesón cercano a la tienda; Ezequiela estaba demasiado ocupada arreglando la casa para su fiesta y preparando la merienda para sus amigas. Por suerte, en la trastienda, junto a la mesa de despacho, tenía un pequeño sofá en el que, después de estudiar detenidamente el material enviado por Läufer, me adormilé hasta la hora de volver a levantar la persiana metálica. Esa tarde tenía concertada una cita con el agente de un comprador inglés interesado en una consola española del XVIII con largas patas acabadas en garras de león. Era un mueble que, curiosamente, había adquirido por un precio muy bajo durante una subasta celebrada en Madrid. Compré el lote completo en el que venía, vendí el resto antes de abandonar la sala e incluí la hermosa consola en mi catálogo del siguiente semestre, dedicándole un espacio destacado y una maquetación gráfica cargada de filigranas. Antes de un par de semanas tenía más de veinte ofertas de compradores extranjeros.

El agente, un cincuentón barrigudo, con cara de sufrimiento y aliento etílico, estuvo examinando la consola hasta cansarse y, luego, con mejor cara, firmó velozmente la montaña de documentos que le fui poniendo delante y desapareció en un santiamén camino, supongo, del bar más cercano. Estaba terminando de cumplimentar los últimos detalles de la transacción, cuando sonó el teléfono:

—¿Ana...? Soy tu tía.

¡Dioses del cielo! ¡Me había olvidado de llevarle el dinero! ¡Los malditos ocho millones de pesetas para el artesonado del *scriptorium*!

—¿Eres tú, Ana María?

—Sí, tía, soy yo —exclamé con voz humilde.

—Ya imaginarás por qué te llamo.

—Sí, tía, me lo imagino.

—Y supongo que tendrás alguna buena explicación.

—Sí, tía, la tengo.

Juana estaba empezando a amoscarse.

—¿Estás bien?

—Sí.

—¡Estupendo, pues deja de hacer la tonta! —se enrabió—. ¿Cuándo piensas traerme el cheque?

—No sé, tía, porque me voy otra vez de viaje.

—¿Cuándo?

—Pasado mañana.

—¿El viernes?

—Exacto. En cuanto cierre la tienda. Ya tengo hecha la reserva de vuelo. Pero no te preocupes, volveré el domingo por la noche, así que el lunes sin falta te acerco el dinero.

—Tomo nota —indicó desafiante—. Te espero el próximo lunes. ¡No me falles!

—¡Que no! —rezongué, aburrida de tanta insistencia.

—¡Ah!, por cierto...

¡Socorro!

—Si no me equivoco, hoy es el cumpleaños de Ezequiela, ¿verdad?

—¡Uf!

—¿Verdad? —repitió con el acento amenazador de la madrastra de Cenicienta.

—Sí...

—Pues felicítala de mi parte.

Protesté débilmente.

—¡Felicítala! —ordenó.

—Sí, tía.

—Bueno, te espero el lunes. Que tengas buen viaje.

—Gracias.

—¡Hasta el lunes!

—Sí, tía.

Por supuesto, me abstuve de cumplir el dichoso recado. No tenía el cuerpo para escuchar una vez más la inacabable letanía de vituperios de Ezequiela contra Juana.

El avión de Iberia despegó de Barajas a las siete de la tarde y cuando tomamos tierra en el Aeropuerto de Porto los altavoces anunciaron que eran sólo las siete y cinco minutos. ¿Sólo cinco minutos de vuelo...? Me quedé desconcertada hasta que caí en la cuenta de mi simpleza: en Portugal hay una hora de diferencia respecto a España, así que, oficialmente, sólo había tardado cinco minutos en volar de Madrid a Oporto, aunque el domingo tardaría, sin embargo, dos horas y cinco minutos en hacer el camino al revés.

Bajé del avión y subí en el autobús que me llevó hasta la terminal del aeropuerto. Allí, mientras esperaba la salida de mi escaso equipaje por la cinta transportadora, pude ver a José y a Amalia saludándome alegremente tras los cristales del fondo. José estaba guapísimo. Llevaba un largo abrigo azul marino, con una bufanda al cuello, que sólo dejaba ver las perneras de unos pantalones impecablemente planchados y unos zapatos lustrosos. Creo que el estómago me dio un vuelco, y me encontré preguntándome una vez más por qué demonios era tan endiabladamente atractivo. ¡Si al menos aquella niña no estuviera siempre presente...! Se estaba convirtiendo en un verdadero incordio.

José y yo nos dimos los dos besos de rigor y el aroma de su colonia, áspero y recio como el de todas las fragancias masculinas, despertó brevemente mis sentidos. Amalia, que vestía cazadora de piel, vaqueros y deportivas, se limitó a juntar rápidamente su mejilla con la mía y a soltar un bufido en mi oreja. Cuando me separé de ella, sin embargo, su boca exhibía una sonrisa angelical... Aquella niña debía ser de la piel del diablo y deduje que no le hacía ni pizca de gracia que me alojara en su casa los próximos dos días. Si ella se creía que lo hacía por gusto, estaba muy equivocada. Yo hubiera preferido ocupar una de las espaciosas y bonitas habitaciones del Grande Hotel do Porto (salir del baño como me diera la gana era uno de los motivos, por ejemplo), donde ya había estado en otra ocasión años atrás, pero Cavalo se opuso en redondo, así que, le gustara a la niña o no, viviría con su padre y con ella hasta el domingo por la tarde.

Oporto me produjo de nuevo la misma sensación que la primera vez: una pequeña ciudad al borde del caos absoluto. Sólo en París recordaba yo tal acumulación de gente y coches, con la importante diferencia de que, en París, las avenidas son amplias y las señales de los semáforos son más o menos respetadas, mientras que en Oporto, las viejas callejuelas que, como colinas, suben y bajan a modo de un oleaje interminable, permanecen atascadas las veinticuatro horas del día. Con todo, Oporto tenía un algo familiar y agradable que te hacía sentir como en casa.

José dejó el coche en un aparcamiento subterráneo de la rua Alegria y cargó con mi pequeña bolsa de viaje hasta que llegamos a la rua de Passos Manuel, que estaba a la vuelta de la esquina. Enseguida distinguí el letrero de su *ourivesaria*. Lo cierto es que sentía una gran curiosidad por conocer su casa, el lugar en el que, como yo en la mía, él había vivido toda su vida.

De hecho, una vez allí, me resultaron muy similares: una vivienda antigua, grande, de techos altos y numerosas habitaciones, la mitad de ellas inutilizadas. El salón, que daba a la rua a través de unos grandes miradores, estaba decorado con varios sofás y librerías. En una esquina podía verse una pequeña televisión frente a la cual se colocaba un cómodo sillón de orejeras con un escabel tapizado con idéntica tela. Todas las vitrinas y librerías eran antiguas, de madera de caoba, y estaban repletas de trofeos de ajedrez. En el rincón opuesto al orejero se hallaba la gran mesa de comedor y entre ambos mediaba una inmensa alfombra persa que ocupaba prácticamente toda la habitación.

—¡Me encanta, José! —exclamé abarcando el espacio con la mirada.

—¿Te gusta de verdad? —preguntó con la ilusión de un niño a quien se felicita por sus buenas notas escolares.

—Me gusta de verdad —afirmé—. Lo encuentro muy acogedor.

Para mis adentros me dije que si él venía alguna vez a mi casa, se hacía imprescindible retirar el viejo y astroso orejero de Ezequiela y su adorada mesa camilla con el brasero debajo.

—¿Cenaréis fuera, papá? —quiso saber Amalia mientras se alejaba por el largo pasillo que comunicaba el salón con el resto de las habitaciones.

—Sí, pero me gustaría que no te marcharas tan pronto y que me ayudaras a enseñarle la casa a nuestra invitada. —En el tono de voz de José había una nota peligrosa que la niña detectó de inmediato. Volvió sobre sus pasos dócilmente y se colocó al lado de su padre.

Una a una, me fueron enseñando todas las habitaciones de la casa. La de Amalia exhibía una decoración aberrante, mezcla de muñecos de peluche, cortinas con lazos y festones a juego con la colcha de la cama, pósters de grupos musicales en las paredes y, al otro lado, curiosamente, la más avanzada tecnología punta: tres ordenadores —un moderno portátil y dos de mesa—, conectados en red a una pantalla tan grande que parecía la de un cine y, en un rincón, un inmenso equipo de música unido por cables a los ordenadores. Sobre un silloncito colocado junto a la cama descansaba un gigantesco oso de peluche que, además de ser el tierno juguete de una niña de trece años, lucía sobre los ojos una visera de realidad virtual, unos auriculares en las orejas y una enorme camiseta con el dibujo de la lengua de Mike Jagger en el pecho.

La habitación de José era bastante más normal, hubiera dicho incluso que era austera de no haber sido por la inmensa cama de hierro forjado cuyo cabezal, relleno de volutas y hojas de parra, se extendía de izquierda a derecha de la pared enteriza y parecía peligrosísimo para las cabezas. ¿De dónde habría sacado una cama así? Tenía toda la apariencia de haber cumplido más de cien años. Puede que incluso doscientos. ¿Haría ruido...? Me encantó observar la enorme cantidad de preciosos juguetes antiguos que aparecían sobre los muebles y las repisas del dormitorio. Seguramente, sólo con darles cuerda, empezarían todos a moverse y a emitir musiquillas. A la derecha, al lado del gran armario empotrado, había una puerta cubierta por un largo espejo que daba a un cuarto de baño.

Mi dormitorio, en el extremo final del pasillo, era muy agradable y tuve que contener una exclamación de alegría al comprobar que también allí había un cuarto de baño dentro de la habitación. La ventana daba igualmente a la rua, como el salón, así que era un poco ruidosa, pero la cama era espléndida y grande, y el colchón, rígido como una tabla, a mi gusto.

Aquella noche José me llevó a cenar a un pueblecito cercano llamado Foz do Douro, a un restaurante desde el que pudimos ver, mirando a poniente, un hermoso anochecer sobre el Atlántico. La comida, un tanto grasienta para mi gusto, era muy marinera y me recordó a la de los restaurantes de la costa mediterránea. Lo curioso era que tanto

José como yo estábamos desesperadamente cohibidos, como si los temas de conversación se nos agotaran nada más empezarlos o como si, en realidad, no supiéramos qué decir o estuviéramos pensando en cosas diferentes de las que intentábamos hablar. Yo le contemplaba con atención mientras él se esforzaba en explicarme algo razonable y, del mismo modo, también yo me sentía minuciosamente observada cuando me tocaba el turno de hablar. Ambos sonreíamos mucho y se notaba a la legua que estábamos haciendo el tonto de una forma escandalosa. Pero, por suerte, sólo lo habíamos notado él y yo. Llegó un momento en que, o encontrábamos un asunto que requiriera toda nuestra atención e interés, o estábamos perdidos, y ese asunto no podía ser otro que el trabajo. De hecho, para eso había viajado yo hasta allí.

—¡Menuda historia la del Salón de Ámbar! —dejó escapar José levantando su copa de vino verde.

—Yo todavía no tengo muy claro cómo hemos llegado hasta este punto, no creas —exclamé con un suspiro.

—¡Pues tuya ha sido la culpa! —objetó divertido—. ¿Quién encontró el reentelado? ¿Quién descubrió lo del código *Atbash*? ¿Quién ató cabos y trenzó biografías hasta dar con una explicación coherente?

—¡Pero fue Läufer quien sacudió Internet como una coctelera!

—Sí. Y Donna, Rook, Roi y yo también hicimos otras cosas, pero tú eres la auténtica culpable. De todos modos, no te preocupes: vas a pagarlo muy caro teniendo que bajar a esas malditas galerías de Weimar.

—Pero tú vendrás conmigo... —y dejé que mi voz insinuara el placer que eso me producía.

José tenía los ojos oscuros, de una oscuridad estriada de miel, y pensé, sintiéndolos sobre mí, que eran los ojos más bonitos que había visto en mi vida y que, por despertarme alguna mañana junto a esos ojos, sería capaz de cualquier locura. Me sentía tan atraída por ese hombre que sólo me faltaba un paso para reconocer que estaba enamorada. ¿Estaba enamorada...? ¡Por supuesto! ¿A quién trataba de engañar? Casi se me paró el corazón cuando descubrí mis propios sentimientos mientras sonreía como una tonta y clavaba los dedos sobre el cristal de mi copa. ¡Claro!, pensé, ¡claro que estaba enamorada! Siempre había estado enamorada, pero la distancia, la prohibición de Roi, mi forma de vida.... todo se había confabulado para impedirme reconocer la verdad. Sin embargo, habían bastado unas cuantas horas junto a él en su propio mundo para descorchar la estúpida botella de mis sentimientos. Estúpida, sí, estúpida, porque, ahora ¿qué iba a hacer? Ya no tenía escapatoria.

—Es demasiado peligroso —murmuré.

—No. No si lo hacemos bien.

La voz de José era tan poco firme como la mía. Yo ya no sabía de qué estábamos hablando, si del trabajo en Weimar o de nosotros. El miedo al ridículo me hizo recuperar un poco el control, pero tenía el pulso desbocado y notaba que me faltaba el aire.

—Esta noche tendremos que trabajar mucho...

¡Dios! ¿Cómo se me había escapado una tontería semejante? Mi subconsciente se había comportado como un vulgar Judas Iscariote, traicionándome y dejándome al descubierto. Noté que se me arrebolaban las mejillas y rogué que me tragara la tierra, pero José sonrió y, alargando el brazo, hizo chocar el cristal de su copa con el mío.

—Brindo por eso —dijo, y nuestras miradas se trabaron significativamente.

No recuerdo mucho más de aquel rato en el restaurante. Supongo que el vino se me subió a la cabeza, tenía mucho calor y no paré de decir tonterías y de reír. En el coche, de regreso, mientras José conducía con la mirada fija en la carretera, me acurruqué cómodamente en el asiento disfrutando de la oscuridad y de los suaves y melancólicos fados cantados por Dulce Pontes. El rostro de José se iluminaba a ráfagas con los faros de los coches que se cruzaban con nosotros. ¡Cuánto le quería! Incluso aunque él no sintiera lo mismo por mí, en aquel momento era mío y aquel momento sería mío para siempre. Y entonces José, sin volverse, me cogió la mano con fuerza y yo le respondí. Y cogidos de la mano llegamos a su casa y subimos la escalera —sin hablar, sin atrevernos a romper la magia—, y, en cuanto hubo cerrado la puerta detrás de mí, en la oscuridad del recibidor, me abrazó apasionadamente y empezamos a besarnos como locos...

Afortunadamente, el cabezal de hierro forjado de la cama de doscientos años no llegó a herirme en la cabeza.

Aquel sábado hicimos muchas cosas menos trabajar. Por la mañana José me llevó a dar una vuelta por la ciudad y, paseando (si se puede llamar pasear a la hazaña de subir y bajar aquellas empinadas cuestas sin un pequeño respiro), cruzamos el impresionante puente de hierro de Don Luis I, que salva el río Douro (nuestro Duero), y visitamos la estación de São Bento, la torre dos Clérigos y algunas bodegas famosas de vino de Oporto.

A mediodía comimos en un lugar llamado A Brasileira, como el célebre café de Lisboa, decorado en el más puro estilo *art nouveau,* con espejos, arañas, mármol y camareros vestidos al estilo tradicional, mandil blanco y pajarita negra incluida y, por la tarde, José me acompañó a la centenaria librería Lello, una especie de tienda, biblioteca y museo, construida en torno a una increíble escalera de caracol, donde cargué con una buena remesa de libros que, probablemente, por estar escritos en portugués, no podría leer nunca. Pero nada me importaba aquel día porque era feliz. Tenía la sensación de flotar, de vagar como un espíritu encantado de la mano del hombre más guapo y maravilloso del mundo. Una sonrisita bobalicona permaneció pegada a mis labios durante todo el día, hasta que...

—Tenemos que volver a casa —anunció José—. Amalia está sola.

—¿Es que tu hija no tiene amigos? —le pregunté con un tonillo de rencor que no pude evitar.

—Es una niña muy especial —repuso meditabundo—. Solitaria, inteligente, introvertida... Se lleva fatal con su madre y eso la ha hecho muy susceptible.

Creo que fue en aquel mismo instante cuando me di cuenta de que, como la consola española del XVIII con largas patas acabadas en garras de león que había vendido al cliente inglés, José no venía solo en el lote: la pequeña Amalia también estaba incluida. La hija venía con el padre y, me gustara más o menos, no podía eliminarla de la faz de la tierra. O la aceptaba o perdía a José.

—Está bien —dije—. Volvamos.

Durante todo aquel maravilloso día no habíamos hablado ni de trabajo ni de nosotros y ambos asuntos estaban pendientes. Pero, de nuevo, cuando el momento comenzaba a ser el adecuado, la niña volvía a ser un obstáculo.

—Debo confesarte una cosa, Ana, antes de llegar a casa.

José estaba abriéndome la puerta del coche. Me quedé clavada. Sonrió y me acarició la mejilla.

—Sé que te vas a enfadar, pero creo que a ti debo contártelo.

Cuando Ezequiela me decía algo parecido, en mi cabeza se disparaba siempre una luz roja de alarma. Las palabras de José, sin embargo, me estaban aplastando el corazón bajo una pesada losa de plomo. ¿Qué quería decirme...? Entré en el vehículo sin decir ni media palabra y esperé a que se sentara a mi lado, acosada por los más negros pensamientos, pero él se limitó a poner el motor en marcha y a salir del aparcamiento. Hasta que no nos hallamos detenidos en mitad de un monumental atasco en la avenida Dos Aliados, no despegó los labios.

—Amalia sabe todo sobre nosotros... Sobre el Grupo de Ajedrez, quiero decir.

Si me hubieran golpeado con una viga en la cabeza, no me habría quedado más anonadada. Me volví rápidamente para mirarle pero, aunque abrí la boca, no pude articular palabra.

—¡Ya, ya! —se disculpó torpemente—. ¡Ya sé lo que quieres decir! Todo cuanto estés pensando en este momento es lógico y no me defenderé si te enfadas. Pero, incluso aunque no quisieras volver a verme, te ruego que antes me escuches.

Comencé a sentir un molesto pitido en los oídos y un vértigo angustioso que me nubló la vista y me revolvió el estómago. No me hubiera sentido más aterrorizada si el verdadero conde Drácula, el auténtico míster Hide y el genuino monstruo del doctor Frankenstein hubieran aparecido ante mí, todos a la vez, dispuestos a despedazarme. Pero la cosa no tenía ninguna gracia. Era demasiado serio, demasiado grave. Si Roi hubiera sabido aquello..., si Donna, Läufer y Rook hubieran sospechado que sus vidas, trabajos y propiedades descansaban en las tiernas manos de una niña de trece años, arisca y solitaria...

—Yo no se lo dije —continuó Cavalo.

—¿No? —conseguí vocalizar al fin, cargada de pavor—. ¡Ahora me dirás que logró saltar las protecciones de Läufer y que se enteró ella solita!

—Bueno... Algo así.

—¡Algo así! —chillé, histérica—. ¡Tienes el valor de...!

—¡Cálmate, Ana! ¡Te aseguro que mi hija no dirá nada a nadie!

—¡Tú qué sabes! ¡Tiene trece años, maldita sea! ¡Es una criatura!

—¡Es mi hija! La conozco.

—¡Mierda, José, lo has fastidiado todo! ¡Todo!

Y me eché a llorar por pura desesperación. Ahora soy capaz de reconocer que la emotividad a flor de piel que tenía aquel día me impidió pensar con cordura y buscar los pros de la situación, pero en aquel momento sólo podía ver a la niña como un ser terriblemente peligroso que amenazaba mi vida y la vida de los demás miembros del Grupo.

—Quiero irme a Madrid esta misma noche —dije mientras subíamos las escaleras de su casa, las mismas escaleras que la noche anterior habíamos subido cogidos de la mano y con el deseo flotando a nuestro alrededor como un halo eléctrico.

—No seas boba —repuso sacando el llavín de su bolsillo y abriendo la puerta.

La dichosa niña no estaba a la vista. La casa estaba a oscuras y silenciosa.

—Lo que me has dicho es muy grave, José. Demasiado grave.

—Lo sé, pero no tenía más remedio que decírtelo. —Me miró firmemente a los ojos—. También lo sabe tu tía Juana, ¿no es cierto? Y estoy por jurar que la vieja Ezequiela está al tanto del asunto desde hace muchos años. ¿Y ellas dos no te preocupan....? —Sonrió con sarcasmo y continuó—: De verdad, Ana, de verdad que Amalia es digna de toda confianza, aunque ahora no puedas verlo porque estés asustada. Quiero que entiendas que no dirá nada a nadie. Conoce la importancia del asunto. Hace un año —comenzó a explicarme mientras iba encendiendo luces y abriendo puertas— le di permiso para que conectara mi ordenador de la joyería con los tres que tiene en su habitación. Sólo era cuestión de hacer un pequeño agujero en el suelo y tirar un poco de cable, me dijo, y así podría aprovechar mi conexión a Internet. No caí en la cuenta de que mi hija es un cerebrito de la informática y que para ella descubrir el subdirectorio donde guardo los ficheros del Grupo era cosa de coser y cantar. Creí que lo tenía bien escondido pero me equivoqué... Puse una clave de acceso —dijo encogiéndose de hombros—, pero se me olvidó que Amalia conoce todos los números de mis tarjetas de crédito.

—¿Pusiste el número de una de tus tarjetas de crédito como clave de seguridad? —pregunté incrédula. Era la cosa más simple y estúpida que había oído en mi vida.

—¡Bueno —protestó—, al fin y al cabo no los tengo apuntados en ninguna parte! ¡Los sé de memoria!

—¡Y tu hija también!

—Eso es verdad... Aunque entonces no caí en la cuenta. Ella sólo quería poder conectarse a Internet desde su habitación. Pero es una niña y, como todas las niñas, se puso a rebuscar en los ficheros de su padre. ¿Tú no hubieras hecho lo mismo?

En realidad, uno de mis grandes motivos de orgullo era el de haber conocido todos los escondrijos secretos que mi padre tenía en casa, aunque él, ingenuamente, creía conservar ciertas cosas a cubierto y alejadas de mi vista. Incluso la caja fuerte que mandó colocar en lo que ahora era mi despacho se abrió bajo mis manos infantiles como si fuera de juguete. La combinación, tan simple y estúpida como la clave de José, era la fecha de nacimiento de mi madre.

—Está bien —murmuré dejándome caer en uno de los sofás—. Dame tiempo para asimilarlo. Pero con sinceridad te diré que no creo que pueda vivir tranquila a partir de ahora.

—Puedes vivir todo lo tranquila que tú quieras. Depende de ti. El mes pasado, Amalia también sabía todo sobre el Grupo de Ajedrez y tú dormías apaciblemente en tu cama. ¿Qué ha cambiado?

—¡Que ahora sé que estoy en peligro!

—¡Pero es que no estás en peligro, maldita sea! —tronó, dando un rabioso puñetazo sobre el respaldo del sofá en el que yo me encontraba.

—¡No se te ocurra gritarme —chillé— ni, mucho menos, dar golpes a los muebles!

Me miró sorprendido y se quedó paralizado un segundo... Pero sólo un segundo, porque antes de que me diera cuenta, había saltado sobre mí como un salvaje, soltando una estruendosa carcajada.

—¡Ana, Ana, Ana...! —repetía mientras nos besábamos.

—Papá... —La sangre se me heló en las venas. La condenada mocosa estaba allí.

José, de un brinco tan rápido que no me dio tiempo a verlo, se puso de pie y miró a su hija con zozobra y culpabilidad. Pero él aún tuvo suerte: yo estaba tumbada en el sofá en una posición muy poco digna y con el pelo y la ropa revueltos.

—Papá, tengo hambre. ¿Habéis cenado ya?

Amalia nos miraba desde la puerta del salón con cara de fastidio.

—¿Dónde estabas? Creíamos que habías salido.

—En mi habitación. Hablando con Joan. Tenía la puerta cerrada.

—¿Con Joan? —pregunté aterrorizada. ¡Sólo faltaba que alguien más hubiera estado escuchando la conversación (y lo que no era conversación) entre José y yo!

—Por el IRC —me aclaró su padre, que me había leído el pensamiento—. Joan vive en Washington. Amalia practica el inglés con ella.

—Bueno, ¿habéis cenado? ¡Tengo hambre! No sabía si debía esperaros o no.

—¿Os apetece pizza? —propuse terminando de arreglar discretamente mi aspecto—. ¡Me comería una pizza enorme con mucho *peperoni*!

Por los ojos de Amalia cruzó un rayo de esperanza.

—Papá no me deja comer pizza. Pero hoy, a lo mejor...

José frunció el ceño pero se dio cuenta de que estaba en una posición delicada.

—Bueno. Cenaremos pizza.

Amalia soltó una exclamación de alegría y, mirándome, sonrió. Quizá no fuera una niña tan terrible después de todo.

Media hora después, los tres nos sentábamos en torno a una enorme pizza familiar de *peperoni*, rezumante de grasa, que regaríamos con unos cuantos botes de coca-cola. No era exactamente lo que yo llamaría una cena romántica con el hombre con el que acabas de empezar una aventura, pero, dadas las circunstancias, era lo mejor que se podía pedir. Al día siguiente volvería a casa y ¿quién sabe cómo terminaría todo aquello? Me dije que, al menos, en Weimar estaríamos solos.

José estuvo hablándonos de un reloj que estaban a punto de traerle para reparar y cuyo proyecto le entusiasmaba. Se trataba de un reloj de autor desconocido, probablemente de finales del siglo XVI, realizado en Amberes.

—¡Es una joya, Amalia! ¡Ya lo verás! —explicaba a su hija, entusiasmado—. Tiene forma de león y los ojos, de rubí, se mueven con las horas. La maquinaria dispone de cuerda para tres días, sonería para los cuartos y despertador. ¡Una maravilla! A finales de los años cincuenta se rompió el doble sistema de transmisión de las esferas, la horaria y la que marca las fases de la luna, pero creo que podré arreglarlo.

—¿Dónde tiene las esferas? —pregunté para no quedarme fuera de la conversación.

—En los lomos, ¿dónde si no? —se sorprendió José, mientras Amalia miraba a su padre y asentía con la cabeza.

—Me gustaría ver tu taller, José.

—Después de cenar. Aunque deberíamos empezar a pensar en Weimar, Ana.

Hundí un enorme pedazo de pizza dentro de mi boca para disimular el disgusto. Tendría que acostumbrarme a hablar delante de la niña de lo que hasta ahora había considerado el secreto mejor guardado del mundo.

—No tenéis... mucho tiempo... —articuló Amalia, engullendo su bocado con ayuda de un trago de refresco. El avión que me llevaría de vuelta a Madrid salía a las cinco y media de la tarde del día siguiente.

—En realidad —aclaró José—, Ana es la experta. Yo sólo soy un ayudante.

—Es poca cosa —atajé, intentado quitarle importancia—. Organizar el viaje, hacer listas de cosas necesarias, decidir lo que hay que comprar...

—¿Tendréis ayuda exterior? —preguntó Amalia como si la cosa no fuera con ella, cogiendo otro pedazo de pizza de la caja.

—¿Ayuda exterior? —se sorprendió su padre.

—Alguien tiene que estar fuera mientras vosotros estáis dentro, ¿no? Por si os pasa algo, por si necesitáis algo...

Y dio una gran dentellada a la blanda porción. José y yo nos miramos extrañados y, tras unos instantes, se hizo la luz, simultáneamente, en nuestras cabezas:

—¡No! Ni se te ocurra pensarlo siquiera —declaró él.

—¡Tu hija, José, tiene unas ideas realmente peregrinas!

—Mi hija va a dejar de tener ideas de cualquier clase como siga diciendo tonterías.

Amalia nos miró candorosamente. Me recordó a Ezequiela cuando ponía la cara de dulce anciana incomprendida.

—¡Pero si no he dicho nada! —puntualizó con indignación.

—¡No ha hecho falta! —replicó su padre con tono de pocos amigos—. ¡Te hemos leído el pensamiento!

—¡Vaya! ¡Ahora resulta que ya no eres tú solo! ¿Es que ya no sabes hablar en singular, papá? —exclamó ella, poniéndose de pie y encarándose a su padre.

José la contempló largamente.

—Vete a tu habitación —le ordenó con calma.

—¿Por qué? —quiso saber ella, desafiante.

—Por la mala intención que has puesto en tus palabras, por gritarme a mí y por ofender a nuestra invitada. Creo que son razones suficientes para castigarte —le pasó la mano varias veces por el brazo con un gesto conciliador y, luego, añadió—: Ahora vete.

—Podría pensar que sólo quieres quitarme de en medio...

¡Mocosa chantajista!, pensé.

—Pero no lo harás porque sabes que no es ése el motivo de mandarte a tu cuarto. Si hubiera querido estar a solas con Ana, no habríamos venido a cenar contigo.

José era un buen padre, de eso no cabía duda, y Amalia lo sabía, por eso se volvió hacia mí con cara seria y dijo:

—Lo siento.

—Está bien —acepté con una ligera sonrisa—. No pasa nada.

—Buenas noches.

—Buenas noches —contestamos al unísono su padre y yo.

En cuanto la oímos cerrar la puerta de su habitación, José me cogió la mano por encima de la mesa.

—Yo también quiero disculparme.

—No tienes por qué —pero en sus ojos había verdadero pesar. Le arreglé el pelo con los dedos de mi mano libre y me acerqué para darle un beso rápido en los labios—. Escucha, José, nadie dijo que fuera fácil. No somos dos jovencitos libres de responsabilidades. Cada uno tiene su vida, su casa, su trabajo... ¡Tú tienes incluso una hija adolescente! —y ambos nos reímos—. ¿Qué quieres de mí, de esta relación? ¿Te lo has llegado a plantear?

Me miró y se inclinó a besarme.

—¿Sonaría terriblemente convencional decir que te quiero, que quiero casarme contigo y tener más hijos?

—Sí, creo que sí.

—Entonces ¿qué quieres tú?

—Quiero... —me detuve, pensativa—. Creo que quiero seguir como hasta ahora, aunque, por supuesto, viéndote más a menudo.

—¿Quieres que gastemos nuestro dinero en aviones?

—Sí —murmuré—. Cualquier otra cosa sería demasiado complicada.

—Pero podría ser peligroso para el Grupo. Roi se opondrá rotundamente.

Bajé la cabeza y dejé que el pelo me ocultara la cara, pero José me lo apartó, sujetándomelo detrás de la oreja.

—Hay muchas cosas que Roi no sabe ni tiene por qué saber —afirmé, y me refería no sólo a nuestra relación, sino también a lo que Amalia conocía sobre el Grupo de Ajedrez.

José tomó aire y miró al techo. Yo también me quedé en silencio. Supongo que ambos barajábamos los pros y los contras de mi propuesta, que era, sin duda, la más sensata. ¿Acaso podría él dejar Oporto, su *ourivesaria* y vivir lejos de su hija? ¿Y yo, podría yo dejar Ávila, mi hermosa tienda de antigüedades, mi vieja casa y arrastrar a Ezequiela a otro país, lejos de su mundo? Y todo ese esfuerzo

¿por qué?, ¿por una relación que acababa de empezar? Prefería vivir cinco días de la semana añorándole y dos a su lado que la semana completa pensando que nos habíamos equivocado. Además, ¿qué era eso de que quería tener más hijos...? ¿Quién quería hijos? Desde luego, yo no.

—Está bien... —accedió—. Pero sólo como solución temporal. Quiero que sepas que haré todo lo posible por convencerte.

—¿Todo lo posible...? —Sonreí.

—Todo lo posible y también lo imposible. Y voy a empezar ahora mismo...

Aquella noche, por supuesto, tampoco trabajamos.

La luz que entraba por la ventana me despertó. Yo dormía siempre con la persiana completamente bajada, pero José no, así que, aunque sólo habían transcurrido dos horas desde que nos dormimos —el despertador de la mesilla de noche marcaba las nueve y diez minutos—, abrí los ojos y parpadeé aturdida en aquella habitación llena de juguetes mecánicos.

A esas tempranas horas de aquel domingo, Oporto descansaba todavía, pues la ruidosa avenida estaba silenciosa y podía oírse con claridad el canto de los pájaros. Miré a José, que, con los ojos cerrados y el pelo revuelto, dormía profundamente a mi lado. Su respiración era tranquila y su brazo derecho descansaba rodeando mi cintura. Intenté moverme despacito para observarle mejor pero apretó el abrazo, como si, en mitad del sueño, temiera que me separara de él. Quizá me había ena-morado de un tipo posesivo, me dije preocupada, y una sonrisa luminosa se dibujó rápidamente en mis labios: era ya demasiado mayor para no saber apre-ciar los gestos del amor. Así que cerré los ojos, pe-gué mi cuerpo al suyo —que, sin despertarse, me recibió encantado— y me dejé mecer por el letargo.

Unos pasos firmes se oyeron, de pronto, en el pasillo, acercándose a gran velocidad. Abrí los ojos de par en par, notando cómo mi pulso se disparaba y cómo mi alarma interior empezaba a descargar altas dosis de adrenalina en sangre. Un par de gol-pes retumbaron sobre la madera de la puerta.

—¿Estáis despiertos?

—¡No! —grité, tirando hacia arriba del edre-dón para cubrirnos a José y a mí.

—¡Vale! Son las nueve y cuarto. He hecho café y tostadas.

—¡Queremos dormir! —gritó José sin abrir los ojos y atrayéndome más hacia sí.

—Bueno, pero no habéis preparado el trabajo de Weimar —la voz se alejaba por el pasillo—. ¡Luego, papá, dime que yo tengo que ser responsa-ble!

—Odio a esa niña... —balbució su padre, be-sándome, y luego, levantando la voz, exclamó:— ¡Podrías traernos el desayuno a la cama!

—¡Ni se te ocurra! —masculló angustiada.

—¡Soy demasiado joven para ver ciertas cosas! —rezongó Amalia desde lejos.

—¡Menos mal!

Tardamos un rato en salir de la habitación —por la ducha y esas cosas—, pero al fin entramos en la cocina con un aspecto limpio y presentable. Olía estupendamente a café recién hecho. Amalia estaba sentada junto a la mesa comiendo una tostada con mantequilla y leyendo un libro. Vestía de nuevo con vaqueros y deportivas, pero lucía un largo y viejo jersey desbocado de un horrible color verde aceituna. Con su pelo tan negro le hubiera quedado mucho mejor otro color más alegre. Su padre se inclinó para darle un beso y ella puso la mejilla.

—¿Vais a trabajar en el taller o aquí arriba? —quiso saber sin despegar los ojos del libro.

—En el taller. Así se lo enseño a Ana y no te molestamos. Tú también tienes cosas que hacer, ¿no es cierto?

Amalia arrugó el ceño y asintió con la cabeza.

—Mañana tengo dos exámenes. Inglés y matemáticas.

Me llevé una taza de café al taller de José, que estaba situado en la trastienda de la elegante *ourivesaria* y al que accedimos por una angosta escalera de caracol desde la propia vivienda. La *ourivesaria* era amplia, distinguida, con grandes expositores llenos de joyas de todas clases, que brillaban, incluso, con la pobre luz que entraba a través de los intersticios de la persiana metálica. Pisé con cuidado la impoluta moqueta. Tenía la sensación de encontrarme en el salón del trono de algún palacio real.

—Tendrás un buen sistema de seguridad... —comenté admirada.

—¡Y un buen seguro contra robos! —exclamó, y ambos nos echamos a reír.

Pero si la joyería me había deslumbrado, el taller me fascinó. Hubiera podido jurar que acababa de ver a Isaac Newton saliendo por la puerta trasera de la mano de Leonardo da Vinci: mezcla de moderno laboratorio y viejo estudio medieval, aquella amplia sala llena de mesas sobre las que descansaban los más extraños artilugios, me encantó. Fui de un banco a otro, de un autómata a otro, de un microscopio a otro como una bola de billar contra las bandas. No me cansaba de examinar los bruñidores, las lamparillas de alcohol, las incontables cajas de engranajes, de manecillas, de muelles, las delicadas y finas cuerdas de seda... Había relojes antiguos por todas partes y juguetes mecánicos. Las estanterías de las vitrinas se pandeaban bajo el peso de las piezas que tenía acumuladas José, algunas de las cuales debían valer una fortuna. Si hubiera podido sacarle una fotografía a aquel taller, la habría hecho ampliar y la habría enmarcado para colgarla en la pared de mi estudio.

Al fondo, sobre una amplia mesa de despacho de caoba, podía verse el ordenador, la impresora, el escáner y las múltiples conexiones por cable que iban desde el cajetín del teléfono, situado a ras de suelo, hasta un agujero en el techo que debía dar a la habitación de Amalia.

Como la mesa estaba apoyada directamente contra el muro de la pared, para no tener una vista tan pobre, José había colgado sobre él una antigua litografía en la que podía verse el dibujo de un viejo mecanismo de reloj. Se apreciaban con claridad los principales elementos del movimiento: la pesa, el escape y el péndulo, y había anotaciones explicativas garabateadas en los lados. Creo que debió percibir la envidia reflejada en mi rostro.

—¿Te gusta...? —me preguntó—. Es una ilustración de un manual de relojería de Ferdinand Berthoud, de la primera mitad del siglo XVIII.

—Es preciosa.

—Gracias. Te regalaré una copia. Ven, siéntate aquí, en mi sillón. Yo me sentaré en la silla.

Estuvimos trabajando intensamente hasta la hora de la comida. En realidad, yo era la que proponía y él apuntaba diligentemente mis palabras en una libreta de notas. Empezamos, como es lógico, organizando el viaje. Yo dije que sería conveniente hacer todo el trayecto en alguno de nuestros coches, sobre todo para no dejar rastros, ya que, de ese modo, era posible ir y volver sin que nadie se enterara. Además, podíamos cargar todo el material en la parte trasera del vehículo y abatir los asientos para descansar alternativamente.

José levantó el bolígrafo en el aire.

—¿No pararemos para dormir en algún cómodo hotel con una cama enorme para los dos y una ducha?

—Lo siento —dije con una sonrisa—, pero tengo por norma no dormir jamás en ningún establecimiento público cuando estoy haciendo un trabajo. Es mucho más limpio llegar, hacer lo que hay que hacer y marcharse inmediatamente. De ese modo, nadie llega a saber que has estado allí.

—¡Ah!

—Una vez en Alemania, deberíamos cambiar nuestro vehículo por otro con matrícula de aquel país (que debería proporcionarnos Läufer), de forma que pudiéramos dejarlo aparcado varios días en una calle cualquiera sin que despertara sospechas.

—¿Por qué no en un aparcamiento público?

—Por los encargados. A todos los encargados de los aparcamientos les llama la atención el ticket de un coche estacionado más de veinticuatro horas.

—Vale.

—El material deberemos llevarlo guardado en mochilas impermeables de bastante capacidad, y mejor si son de espalda acolchada y con suspensión ajustable, porque tendremos que cargar con ellas muchos días. Necesitarás un traje de supervivencia en el mar como el que uso yo habitualmente. Son cómodos, mantienen el calor del cuerpo y evitan la humedad. Imagino que en esas dichosas cloacas, hará un frío de mil demonios y no podemos ir cargados con montañas de ropa.

—¿Dónde compro un traje de ésos?

—Pues, a ser posible, lejos de Oporto. Baja a Lisboa y busca en las tiendas de náutica.

—Toda la costa de Portugal está llena de esa clase de tiendas.

—Pues entonces lo tienes fácil. Seguro que lo encuentras enseguida. Cómpralo de color negro. ¡Ah, y también un gorro de baño del mismo color!

—¿Con adornos, como flores y cosas así?

—¡No, tonto! —repuse golpeándole con un lápiz—. De reglamento. Liso y de goma.

Le expliqué pormenorizadamente todas las piezas de mi equipo para que pudiera adquirirlas por su cuenta. También necesitaríamos botas, unas buenas botas con interior de alveolite, para aislar los pies de la humedad y el frío. Lo único que no iba a poder comprar serían los intensificadores de luz, pues su distribución y venta estaba controlada por el ejército, aunque podría conseguir otros de inferior calidad y menor potencia en alguna tienda de artículos de pesca. En cualquier caso, para aquel trabajo no le iban a hacer falta. Sería mucho más cómodo utilizar un par de linternas frontales con potentes bombillas halógenas. Deberíamos llevar, pues, una buena remesa de pilas alcalinas.

Volvió a levantar el bolígrafo en el aire, pidiendo la palabra.

—¿Y no nos cambiaremos de ropa alguna vez? Por higiene, ya sabes.

—Lo siento, pero no. No podemos llevar tanta carga. Cuando salgamos de allí y volvamos a casa, podrás ducharte, afeitarte y ponerte ropa limpia.

—¡Acabaremos oliendo a rata muerta! Aunque, quién sabe —recapacitó—, a lo mejor resulta afrodisíaco.

Luego hablamos de la comida. Era, quizá, el asunto más importante, pues no saldríamos al exterior hasta no haber recorrido todo aquel sucio dédalo de galerías. Tendría que ser comida ligera y nutritiva, de poco peso, como purés liofilizados, preparados secos de verduras y carne y leche en polvo. Para preparar tan espléndidos manjares, sobraría con una cocinilla de cámping, a ser posible plegable y que se adaptara a la carga de gas más pequeña. También tomaríamos complejos vitamínicos y proteínicos, y, si, como yo pensaba, aquellos túneles tenían suficiente humedad para llenar varios estanques de ranas, la cantidad de agua que tendríamos que acarrear sería relativamente pequeña, sólo la imprescindible para preparar las comidas, pues nuestros cuerpos tendrían más que suficiente, y, en todo caso, repondríamos líquidos con bebidas isotónicas, cargadas de sales minerales.

Llevaríamos también un par de buenos y calientes sacos de dormir, un botiquín, una brújula digital, un telémetro manual para medir distancias, un pequeño magnetómetro portátil para leer detrás de las paredes y un equipo de radio —con sus correspondientes baterías de repuesto— para mantenernos en contacto con el exterior, ya que los teléfonos móviles, por muy potentes que sean, no funcionan ni en los túneles ni bajo tierra.

—¿Con qué exterior? —preguntó José levantando la mirada de la libreta de notas. La imagen de Amalia acudió a nuestras mentes.

—Con Läufer, por supuesto —precisé.

—¿Con Heinz...? ¿Se lo has preguntado?

—Bueno —repuse mordiéndome el labio—, no creo que tenga que gustarle. Sólo tiene que hacerlo.

—Me temo que no va a querer. Él ya cumple su parte en el grupo, Ana, que no es precisamente la de arriesgar el pellejo en directo.

—¡Pero alguien tiene que servirnos de enlace! —objeté—. No vamos a estar allí abajo durante Dios sabe cuánto tiempo sin que nadie del Grupo nos vigile. Podemos perdernos o caer heridos y quedarnos enterrados bajo tierra para siempre.

La única solución era dejar que Roi lo resolviera por su cuenta, así que, sin abandonar nuestro trabajo, le enviamos un mensaje urgente planteándole el problema. Cavalo programó la máquina para que se conectara automáticamente cada media hora y cargara el correo entrante.

José continuó tomando notas. Íbamos a necesitar una buena caja de herramientas, así como una minitaladradora, un desoldador, un detector de metales, rollos de cuerda, arpones, ganchos, estribos, poleas, puños de ascensión, mascarillas, guantes reforzados... La lista era interminable.

—Y pintura para marcar los lugares por donde vayamos pasando —añadió José.

—¿No prefieres un hilo de Ariadna o un rastro de miguitas de pan? —me burlé—. Tranquilo, creo que con un papel y un bolígrafo será suficiente.

Repartimos las compras y señalamos lo que cada uno aportaría. Decidimos que su coche, un Saab gris oscuro con una plaza de toros por maletero, era más apropiado que el mío para el viaje.

También el dinero era una cuestión fundamental. Si cambiábamos escudos o pesetas por francos y marcos, la operación quedaría inmediatamente registrada en nuestros bancos. De acuerdo con mi rigurosa forma de trabajar, las compras de divisas y las tarjetas de crédito estaban radicalmente eliminadas; el dinero para comer y para gasolina debía ser limpio, así que, nada más cruzar la frontera con Francia, se imponía un encuentro con Roi para que nos entregara una cantidad suficiente de francos que nos permitiera llegar hasta Alemania, y una vez allí, Läufer, en el momento de cambiar los coches, debería entregarnos una cantidad similar en marcos. No veía la hora de que empezara a funcionar la moneda única europea, el dichoso euro, para terminar de una vez por todas con estos agotadores quebraderos de cabeza.

En la siguiente conexión del ordenador de José, salió otro mensaje para Roi con las nuevas necesidades. Pero no hubo ninguna respuesta a nuestro *mail* anterior.

Seguimos trabajando durante media hora más. Eran ya cerca de las doce del mediodía y debíamos ir pensando en subir a comer, pero todavía faltaba por resolver alguna menuda cuestión.

—Necesitamos un buen mapa de carreteras de Francia, otro de Alemania y un plano detallado de la ciudad de Weimar.

—Los compraré esta semana —afirmó José distraído, trazando, por fin, una larga raya al final de la lista.

—No. Quiero decir que los necesitamos ahora. Deberíamos planificar nuestra ruta y conocer el trazado de las calles por las que tendremos que movernos.

—¡Vaya, pues sí que es raro, pero no tengo ningún mapa de ésos en este momento!

—¡Pero yo sí, papá!

Si me hubieran pinchado no me habrían sacado ni una gota de sangre. José me miró fijamente, con los ojos desorbitados y luego, muy despacio, levantó la cabeza hacia el techo, hacia el lugar del que procedía la voz apagada de la niña.

—¿Amalia...? —preguntó incrédulo.

—¿Sí, papá?

—Amalia, ¿estabas escuchando?

—Habláis muy fuerte y por el agujero del cable se oye todo.

—¡Lo que me faltaba! —exclamé soltando una carcajada.

—¡Amalia! —gritó su padre, enfadado—. ¡Baja al taller ahora mismo! ¡Tú y yo tenemos que hablar!

No hubo respuesta.

—¿Me has oído, Amalia?

—Sí, papá.

—¡Pues baja!

De nuevo se hizo el silencio. La niña debía haber emprendido el largo y trágico camino hacia la reprimenda de su padre.

—Si quieres me voy, José.

Me miró largamente, meditando, y justo cuando la puerta de comunicación del taller con la casa se abría dando paso a Amalia, me dijo muy serio:

—No, quédate. Va a tener que acostumbrarse a ti... Y tú también vas a tener que acostumbrarte a ella.

—Pero quizá éste no sea el mejor momento...

—Ya estoy aquí —anunció Amalia al ver que no le hacíamos caso. Se había plantado frente a los dos, muy digna, con los brazos cruzados en la espalda. José se la quedó mirando con el ceño fruncido y los ojos fríos como el hielo.

—¿Por qué estabas escuchando nuestra conversación?

—No la estaba escuchando a propósito. Yo trataba de estudiar pero vuestras voces y vuestras risas se colaban por el agujero del cable.

—¿Y qué es lo que has oído exactamente? —la interrogué. Tuve buen cuidado de poner una nota apaciguadora en mi voz.

—Todo.

—¡Todo! —bramó José.

Amalia bajó la cabeza. No creo que lo sintiera de verdad, pues debía haber pasado una mañana muy entretenida escuchando lo que hablábamos, pero aplacar a su padre mostrando sumisión era una buena táctica. Yo también la había empleado a menudo con el mío, y eso que, por dentro, hervía de indignación y orgullo herido.

—No lo he hecho con mala intención —musitó—. Si no hubiera querido que me descubrierais, no me habría ofrecido a ayudaros.

—Pues a pesar de tu buena fe y de tu admirable interés, comprenderás que...

—¡No puedes castigarme otra vez, papá! ¡Ya me castigaste anoche!

—¡Pero si es que no paras, es que haces una detrás de otra!

Y en este punto ambos pasaron al portugués, enzarzándose en una violenta discusión de la que ya no entendí nada. De todos modos, por el tono de las voces, comprendí con sorpresa que José estaba perdiendo.

Finalmente, después de un rato que se me hizo eterno, las miradas del padre y la hija recayeron al mismo tiempo sobre mí, lo que me llevó a sospechar que habían dicho algo que me concernía.

—Está bien, Amalia. Ofréceselo.

—¿Ofrecerme qué? —inquirí.

—Los mapas y el plano de Weimar. Los bajó anoche de Internet suponiendo que hoy nos harían falta y, por lo visto, ha mejorado la resolución y ha hecho un programita, un pequeño motor de búsqueda, para que nos resulte más fácil localizar nuestra ubicación y la zona que queramos estudiar.

—He reunido los datos de varios tipos de mapas —explicó Amalia con voz firme—, de manera que tenéis una gran cantidad de información disponible pinchando con el ratón o introduciendo el nombre o parte del nombre de lo que buscáis. Además, te da la mejor ruta para llegar a un punto si le indicas dónde te encuentras.

Sonreí y me acerqué a ella.

—Amalia —intenté poner una mano sobre su hombro, pero se retiró como si mi contacto le escociera; la sonrisa se me apagó en los labios—, tienes todas las papeletas para ocupar el puesto de Läufer en el Grupo cuando seas mayor.

Creo que ésa fue la primera vez que Amalia me miró directamente a los ojos y me sonrió. En aquel instante, aunque aún no lo supiera, me había ganado su corazón. Por lo visto, había acertado de lleno en el centro de sus máximos deseos.

—Si quieres —me dijo—, te enseño cómo funciona. Puedes imprimir el área que desees al tamaño que te apetezca. Mira.

Poco después llegó el *mail* que estábamos esperando. Roi nos advertía de entrada que Läufer quedaba excluido de cualquier tarea, que ya había hecho suficiente en esta operación y que estaba demasiado ocupado para andarse perdiendo el tiempo en Weimar mientras nosotros recorríamos las malditas catacumbas. Por supuesto, José y yo nos quedamos perplejos por el tono empleado por Roi, pero supusimos que Läufer había respondido de manera mucho más violenta cuando le fueron planteadas nuestras necesidades. No obstante, después de la pequeña filípica, el príncipe Philibert nos tranquilizaba: él personalmente se haría cargo de todo. Nada más cruzar la frontera encontraríamos, en algún lugar previamente convenido, tanto los francos franceses como los marcos alemanes que nos iban a hacer falta, así como las llaves de un buen coche alemán y las instrucciones necesarias para poder encontrarlo y cambiarlo por el nuestro. En cuanto le diéramos las fechas del viaje, pondría el plan en marcha y, mientras estuviésemos bajo tierra, él permanecería, con nombre supuesto, en el hotel Kempinski de Weimar, dispuesto a recurrir a quien hiciera falta para sacarnos de las galerías si llegaba a suceder algún desgraciado accidente.

José puso al horno una enorme dorada y yo le ayudé preparando una guarnición de cebolla y patata que le iba a sentar divinamente al pescado. Amalia ayudó en todo y también puso la mesa, mostrándose tan encantadora —como si un hada buena le hubiera echado un encantamiento— que su padre la miraba con verdadera adoración. El programa informático que había creado para nosotros era realmente bueno y yo sabía que el pecho de José estallaba de orgullo paterno. Me dije con resignación que, para una vez que me enamoraba de verdad, había ido a elegir a un respetable progenitor y me recriminé por no haberme fijado un poco más y haber escogido a alguien que se encontrara realmente solo en esta vida. Pero cuando, en un descuido, José me besó en los labios, se me borraron todos estos malos pensamientos de la cabeza.

Ya en la mesa, mientras disfrutábamos de la sabrosa comida, la niña planteó el último problema que restaba por solucionar:

—¿Qué harás conmigo mientras estés fuera, papá?

—Supongo —murmuró José dejando el tenedor en el plato con gesto preocupado—, supongo que puedes quedarte con tu madre un par de semanas, ¿no? Quizá menos.

—No pienso volver con mamá.

—No puedes quedarte sola, Amalia —opiné.

—¿Por qué no? Ya soy mayor. Puedo quedarme aquí.

—Irás con tu madre. No hay más discusión. Luego, cuando yo vuelva, te vienes a esta casa otra vez.

Yo sabía que los padres de José habían muerto, pero los abuelos maternos podían estar vivos y quedarse con la niña. De todos modos, como no conocía el alcance de la enemistad entre madre e hija, supuse que no sería tan complicado que Amalia permaneciera con ella un par de semanas. A fin de cuentas, aquélla era su verdadera casa, pues el trato de vivir con su padre hasta Navidad no había sido más que un acuerdo temporal para solventar algún problema que yo desconocía.

—Los padres de Rosario viven muy lejos, en Ferreira do Alentejo, un pueblecito del sur de Portugal —me explicó José—, y Amalia no ha tenido nunca mucho trato con ellos. Así que volverá con su madre y no hablemos más. Además, no puede perder días de clase. Está en plenos exámenes.

—Eso no es verdad, papá, los exámenes de mañana son los últimos hasta diciembre. Y no quiero ir a casa con mamá. Ella está perfectamente sin mí y tú lo sabes.

—Mira, Amalia, no es lógico que te quedes sola aquí viviendo tu madre a tres calles de distancia. ¿Qué crees que diría si se enterara, eh? Se lo contaría al juez en un santiamén y te quedarías sin padre hasta la mayoría de edad.

—Pues llévame contigo.

Solté una risa sardónica al tiempo que daba un trago largo de mi lata de coca-cola. ¡Para que luego dijera Ezequiela que yo era tozuda como una mula! Todavía había alguien que me superaba.

—¿Cómo voy a llevarte conmigo? —protestó José pacientemente. Si hubiera sido mi hija, desde luego que la disputa se habría terminado mucho antes—. Parece mentira, Amalia, que se te ocurran esas cosas con lo mayor que eres.

—Pues si soy mayor... —y aquí volvieron a pasarse al portugués, idioma en el que, al parecer, discutían más a gusto. Yo seguí comiendo tranquilamente, ajena a los aires tormentosos que discurrían de un lado al otro de la mesa, dejando que padre e hija zanjaran sus problemas familiares como les viniera en gana. Entonces se me ocurrió una idea absurda:

—José... ¿y si dejas a Amalia con Ezequiela, en mi casa?

—¿En tu casa, en España?

Sí, bueno, la idea era descabellada, ya lo sabía, pero por lo menos rompía el círculo vicioso de la discusión.

—Ezequiela podría cuidar de ella perfectamente mientras estamos fuera. De hecho, ha cuidado de mí toda la vida y el resultado no ha sido tan malo.

Amalia me miró con desconfianza mientras José trataba de entender mi proposición.

—¿Quién es Ezequiela? —preguntó ella.

—Es mi vieja criada. Ha vivido siempre con mi familia y, como perdí a mi madre cuando era pequeña, cuidó de mí y hoy día sigue viviendo conmigo en mi casa de Ávila. Te advierto que es una gruñona quisquillosa que no ha conocido más niños que yo, pero tiene buen corazón y cocina estupendamente.

—Me moriría de aburrimiento —sentenció.

—Sí, pero estarías bien con ella —terció José con los ojos brillantes—, y podríamos decirle a tu madre que me acompañas en un viaje de negocios a España.

—Creo que no quiero.

—Pues te quedarás con tu madre. Ya está decidido.

Amalia pareció reflexionar. Luego levantó la mirada hacia mí.

—¿Podría usar tu ordenador?

Estuve a punto de ponerme a gritar como una loca diciendo «¡No, no y no!», pero si la edad sirve para algo es, precisamente, para no perder la compostura. Así que con voz suave y tono meloso, dije:

—Naturalmente que no.

—Entonces prefiero quedarme en esta casa.

—Podrías llevarte el ordenador portátil —propuso su padre—. Y Ana te dejaría usar su conexión a Internet.

Volví a reprimir los gritos de la niña posesiva que había en mí y forcé una sonrisa voluntariosa:

—Eso podríamos negociarlo.

—Bueno, entonces de acuerdo. Me quedaré en Ávila. Pero sólo si puedo usar la conexión.

Aquella noche, después de un largo vuelo y de una hora de carretera hasta Ávila, le conté a Ezequiela las novedades, sentadas las dos al calor del brasero de la mesa camilla del salón. Nada dijo. Nada me preguntó. Pero, al día siguiente, lunes, cuando abrí los ojos para empezar el nuevo día, estaba limpiando a fondo, con gran estrépito y brío, mi antigua habitación, la que había utilizado toda mi vida hasta que me pasé a la de mi padre, más grande y luminosa. Creo que le gustaba la idea de tener, otra vez, una niña en casa.

4

José y yo seguimos la ruta fijada de antemano para llegar a Weimar. La tarde del sábado, último día de octubre, recogimos en Toulouse el sobre con las instrucciones, el juego de llaves de un coche y el dinero francés y alemán que Roi nos había dejado en la centralita telefónica de una clínica privada situada en las afueras de la ciudad, y la mañana del domingo, 1 de noviembre, día de Todos los Santos, cambiamos nuestro vehículo por un antiguo Mercedes, color azul oscuro, con matrícula de Bonn, que nos estaba esperando en el garaje desierto de un edificio en ruinas en la Römerhofstrasse de Francfort. En el maletero del Mercedes encontramos un potente *walkie-talkie* y una nota de Roi indicándonos las frecuencias, las horas y las claves que necesitábamos para conectar. Como sólo nos restaban trescientos kilómetros hasta Weimar (habíamos hecho mil quinientos en las últimas veinticuatro horas), nos detuvimos durante un buen rato en la primera estación de servicio que encontramos en la Autobahn 5. Allí aprovechamos para cambiarnos de ropa, poniéndonos los trajes isotérmicos debajo de los pantalones y los jerseys. Más tarde, ya anochecido, tomamos el desvío hacia el último tramo de la Autobahn 4, Eisenach-Dresde, que nos llevaría directamente a nuestro destino. Estábamos cansados de tantas horas de coche, pero nuestra locuacidad sólo era comparable con nuestra felicidad por estar juntos.

Por fin, alrededor de las tres de la madrugada entrábamos en las primeras calles de la oscura y silenciosa ciudad de Weimar.

Weimar está situada a orillas del río Ilm, en el corazón mismo de Alemania. Ninguna otra ciudad europea ha vivido experiencias históricas tan dispares como ella: cuna del pensamiento humanístico, del refinado movimiento romántico —abanderado por el escritor Johann Wolfgang von Goethe—, había sido también el primer feudo alemán del movimiento nazi. Centro artístico y cultural de importancia incomparable, acogió a pintores como Lucas Cranach, a músicos como Bach o Liszt, a escritores como el mencionado Goethe o Friedrich von Schiller, e incluso a filósofos como Nietzsche. Pero Weimar albergó también uno de los peores campos de concentración y exterminio, el KZ Buchenwald, en el que fueron torturados y exterminados más de cincuenta y seis mil seres humanos, entre judíos, homosexuales y opositores políticos.

Afortunadamente, nada de aquella barbarie quedaba en Weimar cuando José y yo entramos en la ciudad aquella noche de noviembre. El tiempo había respetado lo bello y lo agradable y había borrado cualquier huella del pasado horror. Mientras contemplaba las hermosas y estrechas calles de aspecto medieval, los encantadores jardines de aires versallescos, los muchos personajes célebres convertidos en monumentos y las típicas casitas de postal con tejado a dos aguas, no pude evitar un doloroso recuerdo para quienes, apenas cincuenta años atrás, habían sido llevados al límite del sufrimiento y habían perdido la vida en aquel lugar: la ciudad de Weimar dormía, limpia y tranquila, aquella madrugada, pero yo sentí con intensa fuerza que el dolor de los muertos, como una costra, permanecía por todas partes.

Nos resultó fácil encontrar el viejo Gauforum. Curiosamente, Amalia nos había dejado de buen grado su ordenador portátil a cambio de poder usar el mío mientras estuviera en Ávila (¡sólo yo sé lo que me costó ceder!), de modo que iba consultando el programa de la niña para indicar a José, que conducía, las calles que debíamos tomar. Llegamos, pues, sin problemas, hasta la enorme explanada rectangular en cuyo centro permanecían estacionados, sobre la hierba, varias hileras de coches. Aquélla era la Beethovenplatz, uno de los espacios más grandes de Weimar y aquel edificio alargado y gris, con un enorme y clásico pabellón central y una extensa ala a cada costado, era el viejo, aunque rehabilitado, Gauforum de Sauckel. José dio varias vueltas en torno a plaza, débilmente iluminada por las farolas situadas en las aceras y, por fin, dobló en una esquina y entró en la calle que yo había previsto para dejar el vehículo, una amplia avenida con zona de aparcamiento a ambos lados y sin señales de estacionamiento limitado. Encontramos un hueco apropiado poco antes de la segunda travesía y, tras detener el motor, limpiar nuestras huellas (por si ocurría algún percance) y abrir las portezuelas, salimos del coche con las piernas acalambradas tras tantas horas de inmovilidad.

—Ya estamos aquí... —murmuró José, echando una ojeada alrededor. De su boca salió, con cada sílaba, una pronunciada nube de vaho. Menos mal que llevábamos los trajes isotérmicos y guantes de piel, porque, si no, nos hubiéramos muerto de frío: debíamos estar varios grados bajo cero. Tuve la firme convicción de que tanto mis orejas como mi nariz iban a despegarse y a caer al suelo rodando de un momento a otro.

Abrimos con cuidado el maletero, sacamos nuestras abultadas mochilas, las cargamos a la espalda y nos encaminamos hacia la Beethovenplatz. No se veía ni un alma pero, por si acaso, me puse los amplificadores de sonido. Mujer prevenida vale por dos.

La boca de alcantarilla elegida para descender a los infiernos era la que estaba más cerca de la puerta del Gauforum; esta cercanía me garantizaba la correcta entrada en los ramales de galerías directamente conectados con el viejo museo y residencia del *gauleiter*. Por suerte, la tapa de hierro que debíamos levantar quedaba situada, más o menos, en una zona de sombra. José dejó la mochila en el suelo y, de un bolsillo lateral con cremallera, sacó una palanqueta cuyo extremo inferior introdujo en la pequeña muesca de la tapa, desencajándola de su orificio de un tirón seco. No hizo apenas ruido, pero el poco que hizo sonó en mi cabeza como el tañido de una campana catedralicia. Debíamos introducirnos por aquel agujero a la velocidad del rayo y volver a colocar la tapa en su sitio si no queríamos ser descubiertos por algún paseante insomne o por alguna patrulla nocturna de la policía local.

Me coloqué los intensificadores de luz sobre los ojos y miré al fondo de la cloaca. Una escalerilla metálica, sujeta a la pared por pegotes de cemento, descendía un par de metros hacia el fondo. No lo pensé dos veces y apoyé el pie en el primer peldaño, pasándole las gafas de visión nocturna a José para que pudiera poner la cubierta en su sitio y seguirme. El eco amplificado del roce de nuestros guantes y nuestras suelas sobre los estribos se mezclaba con el rumor lejano de una corriente de agua. En cuanto José clausuró de nuevo la boca de alcantarilla, saqué de mi cinturón, con una mano, la linterna frontal y me la coloqué torpemente en la cabeza. Él me imitó y el estrecho cilíndrico de cemento en el que nos hallábamos se iluminó de repente mostrando su aspecto más sucio y desagradable. El horrible olor a sumidero me hizo desear un buen catarro nasal.

Al finalizar nuestro descenso nos encontramos en un espacioso entronque de túneles lo bastante seco como para desembarazarnos de las mochilas, dejarlas caer y ultimar los preparativos. Algún obrero había olvidado allí, tiempo atrás, una llave inglesa y un rollo de cable que aparté de un puntapié antes de empezar a sujetarme bien las correas de la linterna y de ponerme la mascarilla y las botas de alveolite. No tenía ningún sentido quitarnos la ropa que llevábamos sobre los trajes especiales, así que nos la dejamos, y luego sacamos de las mochilas todo el material que nos iba a hacer falta. Miré el reloj: eran las cuatro de la madrugada. Dentro de poco los ciudadanos de Weimar darían comienzo a su rutina diaria.

Empuñando en una mano la brújula digital (que también servía de termómetro y odómetro) y, en la otra, un bolígrafo y una carpeta de cartón duro sobre la que había sujetado una hoja de papel reticulado —para dibujar nuestra ruta y evitar extraviarnos o dar vueltas por los mismos sitios—, me volví hacia José y casi pierdo el aliento al verle sentado tranquilamente en el suelo, manipulando el ordenador portátil de Amalia y el *walkie-talkie* que nos había dado Roi.

—¿Qué demonios se supone que estás haciendo? —pregunté asombrada, inclinándome para observar mejor sus extrañas maniobras.

—¿A qué hora debemos contactar con Roi? —preguntó a su vez, sin hacerme caso.

—A las diez de la mañana. Faltan seis horas. Pero te agradecería que me respondieras. ¿Qué se supone que estás haciendo?

—Intentando conectar con Amalia.

Mi mandíbula inferior cayó, descolgada, y mis ojos se abrieron de par en par. Tardé unos segundos en recuperar la circulación sanguínea.

—¿Intentando conectar con quién?

—Con Amalia —repitió de una manera estática y reposada, como si hubiera dicho la cosa más normal del mundo.

—¿Con Amalia...? ¡Pero si tu hija está a dos mil kilómetros de aquí!

—¿No has oído hablar del Packet-Radio?

—¿Packet-Radio...? ¿Qué es eso?

—Es un sistema de comunicación entre ordenadores que, en lugar de emplear las líneas telefónicas, utiliza un sistema basado en las emisoras de radioaficionados. Sólo hace falta un ordenador, un módem especial que vale menos de tres mil pesetas y una emisora de VHF/UHF. Esto es el módem —dijo señalando una pequeña cajita misteriosa—. Convierte las señales binarias que salen del ordenador en tonos, o señales de audio, y viceversa. Y esto —y levantó el *walkie-talkie* en el aire, frente a mi cara— es una emisora de VHF/UHF, es decir, una potente estación de radioaficionado. El único problema es la velocidad de transmisión, ya que, cuanto mayor es la distancia entre los ordenadores, más tarda en llegar la señal porque tiene que pasar por muchos repetidores.

—¡Dios mío...! —fue todo lo que atiné a decir. Mi tía Juana hubiera estado muy contenta de escucharme.

—No es ninguna novedad. Funciona desde hace quince años y tiene un volumen de tráfico considerable.

—¿Y puedes entrar en Internet utilizando este sistema o sólo navegar por esa red especial?

—Las dos cosas. La mayoría de los proveedores dan acceso a Internet a través de Packet-Radio. Sólo tienes que solicitarlo. De hecho, se utilizan los mismos protocolos de comunicación, el famoso TCP/IP[1] y todos los demás.

—O sea, que vas a comunicarte con Amalia,

1. *Transmission Control Protocol/Internet Protocol*. Protocolo, o «lenguaje», de conexión a Internet.

que está en mi casa, desde estas horribles alcantarillas.

—Exactamente. Espero que no te moleste que ella haya conectado un módem como éste a tu ordenador.

—¡Oh, no...! —gemí.

—Voy a mandarle un mensaje diciéndole que hemos llegado sin problemas y que estamos bien.

Gemí de nuevo, apoyando la mejilla sobre la palma de la mano con gesto de consternación. ¡Mi maravilloso equipo informático estaba en manos de aquel monstruo de trece años! José sonrió.

—Ya sé por qué te quiero tanto —declaró—. Tienes un estupendo sentido del humor.

No pude articular palabra, naturalmente, pero me sentí reconfortada por esa seductora sonrisa y esa mirada cálida con que me envolvieron sus ojos.

—Creo que no vamos a durar mucho juntos... —le amenacé ladinamente.

—¡Eso no te lo crees ni tú! —repuso recogiendo los bártulos después de haber enviado el mensaje a su hija—. ¡Esto es para siempre, cariño!

—¡Ja!

—¡Eso digo yo! ¡Ja!

Y así empezamos la larga marcha a través de las galerías. En aquel momento aún no sabíamos que tardaríamos mucho tiempo en volver a salir al exterior.

Caminamos sin descansar durante dos horas por túneles estrechos con paredes de ladrillo encachadas hasta media altura y techos abovedados que ro-

zábamos con la cabeza. Delante y detrás de nosotros se prolongaba la más negra oscuridad y, en algunos tramos, chapoteábamos en un riachuelo de
agua que moría súbitamente por falta de abasteci-
miento. Al final de aquel trayecto llegamos a otro
entronque de galerías del que salían tres nuevos ramales de similares características. Tomamos el del
centro por decisión colegiada y, después de otras
tres horas de caminata, llegamos a un inesperado
punto muerto: el pasillo se ensanchaba al final para
concluir en un muro agrietado. Presa del desánimo,
bosquejé el trazado en mi papel reticulado.

—Deberíamos parar aquí, tomar algo y dormir
un poco —propuso José, retirándose la mascarilla
de la boca; yo hice lo mismo—. Además, tenemos
que contactar con Roi.

—Faltan cinco minutos —corroboré mirando
el reloj—. Pásame el *walkie*.

Nos quitamos las linternas frontales y las apa-
gamos, iluminándonos con una lámpara de gas —la
única diferencia con una alegre acampada campes-
tre de fin de semana era el maloliente entorno—.
Mientras José calentaba un poco de agua en el hornillo, programé la frecuencia en la pantalla digital y
saludé a Roi. Su voz se escuchaba nítidamente en
aquel reducto bajo tierra. Daba la impresión de
acabar de despertarse.

—Buenos días, Roi —dije, hablando al micró-
fono del aparato.

—Buenos días, Peón. ¿Va todo bien?

—Aquí hace un frío endiablado, pero, aparte
de eso y de que llevamos cinco horas caminando,
todo bien.

—Descríbeme vuestra ruta.

José, tras remover el contenido con una cuchara, me alargó una taza de humeante café soluble. Interrumpí la comunicación con Roi para pedirle que me añadiera un poco de leche y luego continué. Roi tenía delante la misma cuadrícula que yo y, con los datos que le iba dando, dibujó el mismo trazado de nuestro camino. De este modo, si algo nos sucedía, podría acudir en nuestra ayuda.

—Que tengáis suerte —nos deseó al despedirse.

—Hasta mañana.

Apagué el trasto y miré a José. Me hubiera gustado estar con él en algún otro sitio más limpio, más cómodo y más romántico, y él también pensaba lo mismo, porque se acercó a mí, me rodeó con su brazo y, después de darnos un largo beso, apoyó su frente contra la mía.

—¿Qué hacemos aquí? —me preguntó en un susurro.

—Buscamos un Salón de Ámbar robado por los nazis, ¿te acuerdas?

—De lo único que me acuerdo es de las veces que hemos hecho el amor.

Reí quedamente.

—Es un buen pensamiento —observé—. ¡Prepárate para cuando salgamos de aquí! Voy a terminar contigo.

Permanecimos juntos unos minutos más, tomando sorbos de café de nuestras tazas. Luego, José me soltó y se levantó para acercarse a las mochilas.

—A ver si tenemos algún mensaje de Amalia.

Volvió a enchufar todos los cables y se conectó a la red Packet. Le oí soltar una exclamación de alegría.

—¡Mira, cariño! Amalia ha contestado.

—¿Sí...? —farfullé, intentando sobreponerme a mi desinterés—. ¿Y qué dice?

—«Hola, papá. Hola, Ana. Me lo estoy pasando muy bien. Ezequiela os manda recuerdos...»

—¡En mi vida había hecho un trabajo tan acompañada! —bufé de mal humor, y me dispuse a aclarar con un poco de agua las tazas y las cucharillas. Hacía un frío tan intenso que ni se me había pasado por la cabeza quitarme los guantes, y no hay nada más complicado que intentar enjuagar la vajilla con patas de oso. Esta impotencia todavía me puso de peor talante... La verdad es que pensar que aquella niña y mi querida Ezequiela hacían tan buenas migas me atacaba los nervios. No lo podía evitar.

—Si quieres me voy... —rezongó José levantando la vista del teclado.

Me detuve y le miré. Comprendí que había sido terriblemente injusta.

—Lo siento. Es que recibir recuerdos de mi criada en mitad de una misión es algo a lo que no estoy acostumbrada. —Dejé lo que estaba haciendo y me senté a su lado—. Sigue, por favor. Te prometo que no volverá a suceder.

José me dio un beso rápido en la frente y se inclinó de nuevo sobre el ordenador. Me sorprendió su facilidad para hacer borrón y cuenta nueva. Yo hubiera montado una trifulca y hubiera estado dándole vueltas a la cabeza durante horas.

—«Como tengo mucho tiempo libre he escrito un programa para seguir vuestra ruta y saber dónde estáis...»

—¡Con mi ordenador! —grité, irguiéndome como si me hubiera picado un alacrán.

—¡Ana, por favor! ¡Ya está bien de comportarte como una niña malcriada!

—¡Lo siento, lo siento! Sigue.

¡Oh, Dios, con mi ordenador!

—«Así que, papá, envíame los datos de vuestro recorrido. Dime cuántos kilómetros hacéis en cada tramo y en qué dirección, así como otros detalles que me sirvan para ir dibujando el itinerario.» —José se detuvo—. Podemos mandarle la misma información que a Roi.

—¿Con qué objeto?

—Está preocupada. Seguirnos, aunque sea de manera virtual, la tranquilizará.

—Pero ese portátil no tiene el codificador de Läufer —objeté—. Es demasiado peligroso.

—No seas tan exagerada. Sólo le enviaremos números, letras y símbolos. Ella los entenderá. Tú déjame a mí y verás como no hay ningún problema. Pásame tus notas, anda.

—¿Dice algo más? —pregunté incorporándome y empezando a recoger los trastos.

—Sólo «Um beijo».[1]

—Bueno, pues venga, apaga ese trasto y vamos a trabajar un poco antes de dormir. Cuando nos despertemos desandaremos el camino hasta el cruce de galerías.

1. Un beso.

José terminó de enviar a Amalia los datos del mapa y empezamos a golpear con los puños los muros del fondo del túnel en el que nos encontrábamos. El informe elaborado en los años sesenta por el ingeniero del ayuntamiento de Weimar hablaba de muros dobles, pasillos tapiados, planchas metálicas, techos falsos... así que debíamos comprobarlo todo y no dar nada por sentado: cualquier paredón podía ser la entrada al cubículo donde Sauckel y Koch escondieron el Salón de Ámbar. Tras el infructuoso tabaleo, saqué de la mochila el pequeño magnetómetro y apliqué el sensor sobre los ladrillos, dibujando líneas rectas por toda la superficie, pero el registro de datos no desveló la existencia de huecos en la parte posterior. Estábamos rodeados por varios metros de tierra sólida.

El largo viaje hasta Weimar, el descenso a las alcantarillas y las muchas horas de caminata nos habían agotado. El saco de dormir me pareció tan maravillosamente cálido como mi propia cama. La pena era que, para conseguir mayor aislamiento contra el frío y la humedad, no habíamos podido llevar sacos con cremallera que se pudieran unir para dar cabida a dos personas. Con todo, nos tumbamos tan juntos que pude respirar el aliento de José hasta que me quedé dormida.

Nos despertamos seis horas después, con los cuerpos magullados. Hacía un frío estremecedor. El termómetro indicaba que estábamos a cinco grados bajo cero. Aunque las ropas nos protegían, no resultaba agradable respirar ese aire pestilente y helado que se colaba a través de los filtros de las mascarillas.

Reanudamos el camino a buena marcha y alcanzamos de nuevo el entronque de galerías que habíamos dejado atrás por la mañana. Esta vez elegimos el camino que quedaba a nuestra izquierda, que empezaba trazando un semicírculo hacia la derecha, interrumpido bruscamente por un largo túnel que volvía a tomar la dirección contraria. Nos costó cuatro horas recorrer aquel monótono carril hasta encontrar una especie de amplio hueco en la pared donde nos detuvimos para tomar algo y descansar. Para nuestra sorpresa, al examinar el hueco poco antes de partir, descubrimos dos viejos y oxidados portillos de madera hinchada y agrietada de los que partían dos nuevos túneles. El primero de ellos nos llevó, tres días después, hasta el enlace de galerías por el que ya habíamos pasado en dos ocasiones... Volvimos a empezar.

Poco a poco, conforme iban pasando las jornadas, nos fuimos volviendo, por cansancio, más descuidados en el registro de los recintos que íbamos descubriendo a los lados o en los extremos de aquellos largos corredores encharcados. Era un entramado incoherente, sin pies ni cabeza, que acabó desquiciándonos los nervios y agotando nuestra paciencia. Las hojas reticuladas en las que iba trazando nuestra ruta habían formado ya un cuadernillo de cierto grosor sin que por ello hubiéramos encontrado nada que valiera la pena. Topamos, efectivamente, con planchas metálicas detrás de las cuales no encontramos otra cosa que la misma continuación absurda del pasadizo por el que veníamos avanzando. Un par de veces tuvimos que retroceder de nuevo al anterior cruce de colectores después de haber descendido, en el primero de los casos, hasta el fondo de una enorme y vacía cisterna, y de haber atravesado, en el segundo, un paso de agua pluvial que nos dejó frente a uno de tantos túneles ciegos con los que ya nos habíamos encontrado. Aquel lugar me recordaba mucho al cuadro pintado por Koch, el *Jeremías*, con el profeta saliendo de un pozo lleno de lodo, como si el *gauleiter* se hubiera inspirado en aquel entorno para situar a su personaje.

La barba de José nos servía de triste indicativo del tiempo que pasaba sin que lográramos cumplir nuestro objetivo. Todavía nos quedaban suficientes alimentos y agua para seguir algún tiempo más en aquel endiablado dédalo, pero lo que se nos estaba agotando de manera alarmante era el deseo de continuar con la búsqueda. Roi nos animaba cada vez con mayor entusiasmo. Decía que, en el pliego de hojas reticuladas —que él iba pegando unas con otras para ver el croquis general—, podía observarse cómo habíamos ido agotando la red de distribución en dirección norte y este, lo que reducía bastante los kilómetros que debían faltar para dar por concluido el recorrido. Pero aquella noticia, tras nueve días de permanecer bajo tierra, no nos animó mucho. Nos sentíamos agotados, sucios y frustrados, y no podíamos pensar en otra cosa que no fuera volver a casa cuanto antes. Teníamos la sensación de haber pasado una eternidad sin ver la luz del sol, y ni los estímulos de Roi ni la vivacidad de Amalia conseguían arrancarnos de la apatía. La misión estaba resultando una pesadilla interminable.

El undécimo día (jueves 12 de noviembre) me desperté con un poco de fiebre. Había cogido un buen catarro. A pesar del dolor de cabeza, me empeñé en seguir caminando pero, después de unas pocas horas, las piernas comenzaron a fallarme. Sencillamente, no podía con mi alma. José cargó con mi mochila y me sujetó por la cintura hasta que regresamos al último entronque de galerías por el que habíamos pasado, una especie de recinto oval bastante seco. Desenrolló mi saco, me acostó, me preparó un caldo muy caliente y me dio un par de pastillas de paracetamol con codeína.

—Te pondrás bien... —me decía mientras me acariciaba la mejilla y me miraba con los ojos tristes.

—No se lo digas a Roi —le pedí medio dormida—. A mí los catarros sólo me duran un día, de verdad. Ya lo verás... Déjame dormir y verás como mañana estoy perfecta.

Lo bueno de tener pareja es que, cuando estás enferma, recibes no sólo los cuidados higiénico-sanitarios que cualquier familiar (o cualquier vieja criada pesada y empalagosa) puede proporcionarte, sino los mimos y la ternura que te hacen sentir como una verdadera reina de Saba... José, apurado y preocupado por mí, estuvo cuidándome como si yo fuera el más apreciado y delicado de sus exquisitos juguetes mecánicos, y yo, por supuesto, me dejé cuidar sin oponer la menor resistencia. En varias ocasiones le oí trastear con el *walkie* y el ordenador, y le escuché hablar con Roi y decirle que habíamos parado en aquel lugar para descansar y que nos quedaríamos hasta el día siguiente. Pero lo que percibí con mayor claridad fue la ruidosa exclamación que dejó escapar en el mismo momento en que yo soñaba que salíamos de aquella inmunda cloaca por una boca de alcantarilla que se encontraba en el centro de la plaza del Mercado Chico de mi ciudad:

—*¡Que perfeita inteligência!* —alborotaba contento—. *¡Que facilidade, que simplicidade...!*

—¡Dios mío! —exclamé, girándome con dificultad dentro del saco para poder verle—. ¿Qué pasa...?

—¡Cariño, cariño! —gritó. Su voz resonó en aquella cueva con el eco de las películas de terror—. ¡Amalia ha encontrado la entrada! ¡Mi hija ha resuelto el enigma! ¿No te dije que era terriblemente inteligente?

—Sí, sí me lo dijiste. —Los ojos le brillaban a la luz de la lámpara de gas y estaba tan contento, tan guapo y tan sonriente que, por un instante, olvidé lo enferma que estaba y sentí deseos de comérmelo con barba y todo. Es curioso lo que les ocurre a las hormonas en los momentos más absurdos.

Arrambló con el *walkie* y el ordenador portátil y se acercó precipitadamente hasta mí.

—¡Mira! ¡Mira!

—No veo nada, cariño... Te recuerdo que...

—¡El camino dibuja el sitio! ¡Este laberinto de galerías oculta una cruz gamada! Hemos pasado dos veces por allí y no nos hemos dado cuenta.

—¿Qué estás diciendo? ¿De qué demonios hablas?

Por toda respuesta José comenzó a buscar en el mensaje de Amalia:

—¡A ver...! ¿Dónde está...? ¡Aquí! Escucha: «... el quinto día por la tarde...» ¡Busca la hoja reticulada del quinto día por la tarde! «... el quinto día por la tarde, al comenzar el sexto kilómetro...». ¡Ana, por favor! ¿Por qué no tienes todavía la hoja?

—¡Porque se supone que estoy enferma! —protesté con toda energía.

—¡Vaya, mi amor, es cierto! —repuso José muy sorprendido. Dejó el ordenador sobre mi estómago y, con una ágil pirueta, se puso rápidamente en pie y colocó su saco de dormir bajo mi cabeza, a modo de almohada, quitándome entonces el portátil de las manos y sustituyéndolo por la carpeta de notas—. Ya está.

Le miré como si fuera el bicho más raro que había visto en mi vida.

—¡Venga, cariño, busca la hoja del quinto día! —me apremió con una sonrisa encantadora en los labios.

Abrí el cuadernillo y saqué la página marcada con la ruta del día deseado.

—¡Kilómetro seis! —me indicó, impaciente.

—Kilómetro seis —confirmé, situando la punta del bolígrafo sobre la marca.

—«... al comenzar el sexto kilómetro, dibujasteis una especie de vasija cilíndrica con un mango alargado que partía del extremo superior derecho.» ¿Lo encuentras, Ana?

—Sí, aquí está —y remarqué varias veces la figura indicada por Amalia para que destacara.

—«Es la misma forma, aunque al revés, del kilómetro octavo que recorristeis ayer por la tarde...» ¡Ayer! ¡La hoja de ayer! ¿La tienes?

—Sí, sí, ya la tengo. Déjame encontrar el dichoso kilómetro. Aquí está —y remarqué de nuevo con el bolígrafo la imagen invertida de la cazuela.

—«Si unís las dos figuras por sus bases y luego deslizáis la de abajo hacia la derecha, de manera que los caminos de las dos hojas ajusten perfectamente, veréis que se forma en el centro una cruz gamada.»

—¡Una cruz gamada! —exclamé, confirmando que la revelación de Amalia era completamente cierta—. ¡Mira, José! ¡Una cruz gamada, una esvástica auténtica!

—¡No puedo creerlo! ¡Es extraordinario! ¡Hay que decírselo a Roi! ¡Hemos encontrado la entrada!

—Tu hija ha encontrado la entrada —le corregí a regañadientes. Amalia era un genio, sin ningún género de dudas, aunque, viendo a su padre bailar esa variedad de danza india de la lluvia en aquel acueducto subterráneo, cabía preguntarse seriamente si la niña no habría salido más a la madre—. Te vas a hacer daño como no pares.

—¡Ven conmigo, cariño! ¡Esto hay que celebrarlo!

No necesitaba que volviera a pedírmelo. Me escabullí de mi crisálida y comencé a bailar con él, enloquecida, en honor de Manitú. Me sentía curada del ligero catarro, curada del cansancio, de los once días que llevábamos enterrados en aquellos albañales, de la suciedad y la desesperación. Sauckel y Koch se habían creído muy listos enmascarando una enorme esvástica en un laberinto descomunal, pero en el Grupo de Ajedrez éramos mucho más inteligentes —bueno, tal vez lo eran nuestros descendientes— y todavía no había aparecido el problema que no pudiéramos resolver. Ni por un instante se nos ocurrió pensar que fuera una casualidad arquitectónica o que la entrada no estuviera allí, e hicimos muy bien no pensándolo.

Faltaban tres horas para ponernos en contacto con Roi y darle la buena noticia, así que recogimos los bártulos y comenzamos el retroceso hacia la cercana cruz gamada, que se hallaba a menos de cinco kilómetros. Esta vez sí percibimos las diferencias con el resto de los túneles: apenas hubimos entrado en la horizontal del brazo inferior, nos dimos cuenta de que el agua jamás había pasado por allí y que la suave capa de arena que cubría el suelo conservaba todavía nuestras huellas del día anterior. Las paredes, encachadas con hormigón hasta media altura en el resto de los tramos —para fortalecer el cauce del agua entre ambos muros—, aquí estaban desnudas, mostrando el ladrillo poroso lleno de sombras de humedad y de afelpadas colonias negras de hongos y moho. Parecía imposible que no nos hubiéramos dado cuenta, al pasar la primera vez por allí, de tantas particularidades que acentuaban la diferencia entre aquellas galerías que formaban parte de la esvástica y el resto de la red de alcantarillado de Weimar.

Iba a ser terriblemente cansado pasar el magnetómetro portátil por tantos metros cuadrados de muros, suelos y techos (cada brazo de la cruz medía cuatro kilómetros y los travesaños seis kilómetros y medio), pero no había otra posibilidad: en algún lugar de aquel maldito emblema nazi se hallaba la entrada que andábamos buscando, así que ahora no nos podíamos echar atrás arguyendo fatiga o aburrimiento.

Contactamos con Roi a la hora prevista, las once de la noche, y le contamos las novedades. Se mostró entusiasmado y, a pesar de la cautela de la que hacía gala en todas las conexiones y que le llevaban a ser parco en palabras y datos, ahora pidió a José que le informara detalladamente de todo. Quiso saber cómo habíamos descubierto el trazado de la esvástica (estaba disgustado por no haberla reconocido él, que tenía el plano completo de los túneles) y nos propuso comenzar la búsqueda por el centro, en lugar de por los extremos, ya que, dijo, era más lógico colocar la entrada allí que en cualquier otra parte. Naturalmente, José no mencionó a Amalia en sus explicaciones, atribuyéndome a mí todo el mérito del hallazgo, y tampoco aludió al hecho evidente de que a la supuesta heroína, de nuevo, estaba subiéndole la fiebre: tiritaba de frío bajo la ropa y, sin embargo, los ojos se me cerraban bajo un ardiente letargo.

Dormí mal aquella noche. Tuve horribles pesadillas en las que me veía morir o en las que veía morir a José, a Ezequiela, a la tía Juana y a Amalia. Ninguno se libró de que le matara en sueños y, aunque dicen que eso significa dar diez años más de vida, lo cierto es que me desperté de un humor endiablado y con ganas de comprarme un euro de bosque y perderme para siempre. Pero, ¡ah!, no es lo mismo despertar sola que despertar junto a alguien, sobre todo si ese alguien te quiere lo suficiente como para ponerse a tu altura:

—¡Me tienes harto, Ana! ¿Qué te pasa ahora...? ¿A qué viene ese mal humor? ¡Desde luego, no imaginaba que fueras tan desconsiderada e impertinente! ¿Es que no sabes hacer un pequeño esfuerzo para controlar tus enojos? Han debido consentírtelo todo en esta vida, ¿verdad? ¡Claro, eso es...! Siempre has hecho lo que te ha dado la gana sin que nadie te llamara al orden, ¿no es cierto? ¡Pues mira lo que te digo, preciosidad malcriada: no seré yo quien te aguante! ¡Tenlo claro!

—¡Pero... pero...!

—¡No hay peros que valgan! ¡A trabajar! Ya hablaremos de todo esto cuando volvamos a casa... Cuando volvamos cada uno a nuestras respectivas casas, quiero decir.

El centro de la cruz gamada era un cubo figurado de unos sesenta metros cuadrados de superficie, sin paredes —sus cuatro lados eran las bocas de las galerías—, con el techo abovedado a unos dos metros de altura y el suelo de adoquines cubierto de tierra suelta y resbaladiza. José dejó la lámpara de gas justo en el centro y abrió la espita al máximo. El gigantesco entronque se iluminó con un resplandor tenebroso.

—Podría existir una cámara entre el techo y el asfalto de la ciudad —comentó José, pensativo, mirando hacia arriba.

—No lo creo —repuse muy comedida, aún bajo los efectos de la riña—. En primer lugar, no hay sitio suficiente y, en segundo, cualquier obra o edificación que se hiciera en esta parte de Weimar podría dejar al descubierto el escondrijo. Es más lógico suponer que cavaron hacia abajo.

—Pues examinemos el suelo.

Fuimos apartando la tierra con las suelas de las botas y dando patadas aquí y allá para descubrir alguna trampilla en el terreno. Pero todo fue inútil: aunque habíamos levantado una terrible polvareda, el empedrado era firme y sin fisuras... Nos miramos desolados.

—¡Vamos a tener que examinar toda la cruz! —gemí acercándome a él.

—No lo creo... —masculló rodeándome los hombros con su brazo—. Hay un sitio que no hemos comprobado.

Levanté los ojos, muy sorprendida, y vi que sus labios sonreían y que su mirada apuntaba directamente hacia la lámpara de gas.

—¡El centro! —advertí—. ¡No hemos revisado el centro, bajo la luz!

Con una carcajada, apartamos la lámpara y despejamos el círculo de tierra que, inadvertidamente, habíamos dejado a su alrededor. Poco a poco, fue descubriéndose una tapa redonda, de metal oscuro y de apariencia hermética. ¡Allí estaba!

—¡La entrada! —grité entusiasmada—. ¡La entrada, José, ya la tenemos!

La dichosa tapa era tan pesada que tuvimos que hacer fuerza los dos con la palanqueta para poder moverla. Al final, con un ruido seco y metálico, la dejamos caer a un lado. El eco nos devolvió el sonido multiplicado hasta el infinito. Un nuevo pasadizo, oscuro como un pozo, con escalones escurridizos y medio en ruinas, descendía hacia el fondo.

—Bajaré a echar una ojeada —decidió José, poniendo un pie inseguro en el primer peldaño.

—Lleva cuidado.

Le di su linterna frontal y, mientras se la ajustaba, le anudé el extremo de una cuerda a la cintura.

—No tardaré —afirmó mirándome fijamente e introduciéndose, después, en el hoyo.

Los minutos siguientes fueron de una terrible angustia para mí. La cuerda se deslizaba entre mis dedos como señal inequívoca de que José seguía descendiendo. Me arrepentí mil veces de haberlo dejado bajar: él no tenía experiencia en este tipo de actividades, en realidad era yo quien estaba mejor preparada para los trabajos peligrosos. Cuando el rollo de treinta metros se terminó, di un fuerte tirón para que se detuviera. Dudé entre hacerle subir de nuevo o anudar un segundo rollo para dejarle continuar. Venció la segunda opción; habíamos llegado demasiado lejos para detenernos ahora. Otros diez o quince metros de soga se hundirían en la oscuridad antes de que José tocara fondo. Sólo entonces, su voz, tan lejana que era apenas inaudible, me llamó a gritos:

—¡Ana! ¡Baja!

No me hacía ninguna gracia meterme en aquel agujero infecto, pero le obedecí. Me puse el frontal y comencé el descenso. Según bajaba, la galería iba haciéndose cada vez más estrecha y la humedad más sofocante y caliente. Conté doscientos treinta escalones antes de llegar junto a José.

—¡Uf! Esto es peor que el quinto piso de un aparcamiento subterráneo. ¡Y huele igual de mal!

Frente a nosotros, un par de metros más allá, había una puerta metálica.

—¿Has intentado abrirla?

—¡No, eso te lo dejo a ti!

—¡La caballerosidad ha muerto!

La puerta, una simple plancha metálica con un par de goznes y un asidero, estaba fuertemente encajada.

—Lo lamento —dije encogiéndome de hombros—, pero esto es cosa de hombres.

Refunfuñando por lo bajo, con una sacudida, la arrastró hacia atrás lo suficiente para franquearnos el paso.

—Usted primero, señora.

—Muy amable.

El corazón me latía con fuerza. ¿Iba a encontrarme de bruces con los tesoros de Koch? Supongo que esperaba una suerte de nave, o almacén, con todas esas riquezas, perfectamente embaladas, formando pilas de cajas hasta el techo, pero con lo que topé nada más meter las narices en el hueco fue con un viejo y sucio despacho en el que pude vislumbrar las lúgubres figuras de unos deslucidos sillones, una mesa de escritorio, un perchero de pie largo —en una esquina— con un chaquetón negro colgado y, en una cavidad de la pared, unos anaqueles de madera que se pandeaban bajo el peso de algunas decenas de libros deteriorados. ¿Qué demonios hacía todo aquello a cincuenta metros bajo tierra?

—¿Qué hay? —preguntó José a mi espalda.

—Si te lo cuento, no te lo vas a creer. Así que compruébalo por ti mismo.

Ayudándose con las dos manos, propinó un zarandeo brusco y seco a la hoja de la puerta y consiguió entreabrirla un poco más, lo suficiente para colarse rápidamente al interior del pequeño aposento. Soltó un prolongado silbido de admiración.

—¡Caramba, caramba! Esto sí que es una verdadera sorpresa.

Se acercó hasta la mesa, sobre la que descansaba un elegante juego de escritorio enteramente cubierto de polvo y telarañas, y le oí trastear con algo metálico y pesado.

—¿Qué haces? —pregunté acercándome.

Sujetaba en las manos una pequeña lamparilla que, por supuesto, no respondía a los violentos apretones que él descargaba sobre el interruptor.

—¡Si hay una lámpara, debe haber corriente eléctrica! —exclamó, enfadado.

—Sí, pero rompiendo esa clavija no vas a conseguir restablecer el suministro eléctrico. Déjame ver... En alguna parte tiene que estar la llave del generador. Sigamos el cable. ¿Ves? —Le indiqué con el dedo—. Por allí. Él nos llevará al lugar correcto.

El viejo cordón retorcido desaparecía por un agujerito situado sobre una portezuela de madera, junto al perchero, detrás de la cual descubrimos un magnífico aseo con un gran espejo sobre el lavabo y una estupenda bañera con cortina y todo. El hallazgo nos llenó de alborozo, como si pudiéramos quitarnos los trajes y darnos una ducha que nos devolviera la vitalidad. Me resultó muy extraño contemplar el reflejo de mi propia cara en el azogue; casi me había olvidado de cómo era yo en realidad. Abrimos los grifos para ver si funcionaban y el agua empezó a correr, sucia al principio, pero cristalina y fría como el hielo después. Encontramos, incluso, una vieja pastilla de jabón rancio abandonada en un rincón; recordé haber leído en alguna ocasión que los nazis fabricaban jabón con la grasa de los judíos y aparté la vista, disgustada. Otra puerta más, entre el lavabo y la bañera, nos condujo hasta el generador de corriente, albergado en una enorme cámara de cemento. Un par de potentes motores Daimler-Benz, montados sobre sendos estribos de mortero y sacados, probablemente, de antiguos camiones alemanes de transporte, servían de alimentadores al viejo generador eléctrico. Al fondo, bidones y latas cubrían la pared enteriza.

—¿Funcionará? —pregunté preocupada—. Este material tiene casi sesenta años.

José me dio un rápido beso e hizo el gesto de subirse las mangas para ponerse manos a la obra.

—Confía en mí. Las máquinas son lo mío.

—Las máquinas de los juguetes, cariño, pero no los motores de la Segunda Guerra Mundial.

—¡Mujer incrédula! Alúmbrame con tu frontal.

Dio vueltas y más vueltas alrededor de los motores, metió los brazos —hasta los codos— por diferentes ranuras, comprobó niveles, limpió cuidadosamente bujías, chiclés y bobinas, y, por fin, intentó ponerlos en marcha. Se oyó un clic muy leve, una rotación ahogada y... ya está. No pasó nada más.

—¿Qué ocurre?

—No tengo ni idea —rezongó, y se abismó de nuevo en el más profundo estudio de la situación.

Durante una media hora eterna, le fui iluminando girando la cabeza conforme a sus rudos movimientos de una parte a otra de las máquinas. Al final, estaba incluso mareada y, como él no hablaba, también aburrida como una ostra.

—¿Ya sabes lo que ocurre, José?

—¡No, maldita sea! ¡No lo sé! Está todo perfectamente conservado. He limpiado desde el carburador hasta la última tuerca. No parece haber ningún fallo. ¡Y, sin embargo, no funciona!

Me rasqué la nuca con suavidad y dije (por decir algo):

—¿No será que no tienen gasolina...?

Un par de ojos enfurecidos chocaron con los míos, perfectamente inocentes, mientras su foco halógeno se enfrentaba al de mi cabeza.

—¿Qué has dicho?

—¡Nada, nada! ¡No he dicho nada!

—¡Gasolina! ¡Pues claro! —Desenroscó la tapa de los depósitos y los zarandeó, aplicando la oreja—. ¡Vacíos! ¡Ven aquí, mi amor! ¡Eres un genio!

—Sabía que terminarías por darte cuenta.

—Ayúdame a traer la gasolina, anda. Tú coges los *jerrycans* y me los vas dando, ¿vale?

—¿Los qué?

—Los *jerrycans,* esos bidones metálicos que hay contra la pared.

—¡Ah, los bidones!

—Se llaman *jerrycans.* Fueron inventados por los alemanes durante la guerra. El nombre se lo dieron los ingleses, que llamaban *jerries* a los alemanes. Son fantásticos. De hecho, se siguen utilizando hoy en día. Son estancos y el tapón, al darle la vuelta, sirve de embudo.

Destapó el primer *jerrycan*, y tal como había dicho, utilizó la tapa a modo de embudo para verter la gasolina en el primer tanque. El intenso olor del combustible se extendió a nuestro alrededor como el aroma del incienso en una iglesia. Resultaba asombroso que aquel líquido azulado hubiera resistido el paso del tiempo, pero José me informó que, en los *jerrycans*, la gasolina no sólo no se evapora, sino que mantiene todas sus propiedades volátiles e inflamables. Por fin, con los depósitos llenos, intentó de nuevo poner en marcha los motores; saltaron las chispas en los electrodos de las bujías y, tras varias sacudidas, algunas convulsiones y bastantes carraspeos, se escuchó, por fin, el rugido vigoroso de los Daimler-Benz produciendo energía mecánica en abundancia. El generador suspiró como un viejo tísico y, luego, cogiendo impulso, se lanzó al trabajo con fanático entusiasmo: las luces del techo se encendieron de golpe, cegando nuestros ojos acostumbrados a la penumbra y convirtiendo aquel agujero de cemento en una brillante calle nocturna de Las Vegas.

—¡Uf! ¡No veo nada! —exclamé, cubriéndome la cara con las manos—. ¡No volveré a ver nada nunca!

—Eso sin exagerar, por supuesto —se burló José, estrechándome contra él y rodeándome la cabeza con sus brazos.

—Por supuesto. ¿Acaso exagero yo alguna vez? —murmuré por un huequecito.

Poco a poco, muy lentamente, fuimos adaptándonos a la luminosidad y acabamos apagando nuestros frontales y contemplando con sorpresa todo cuanto nos rodeaba, como si fuera un lugar nuevo al que acabáramos de llegar. Retrocedimos sobre nuestros pasos y volvimos a pasar por el maravilloso cuarto de baño que ahora, sin embargo, a la luz de las bombillas, aparecía tan mugriento y roñoso como los aseos de una antigua estación de autobuses. José se me adelantó y encendió todas las lámparas del despacho antes de que yo entrara en él.

—¿Qué te parece? —me preguntó, girando sobre sí mismo para abarcar todo el espacio con su brazo extendido. Manchas de humedad ennegrecían las desnudas paredes de yeso desconchado.

—Me parece que debajo de la suciedad podemos encontrar cosas interesantes.

—Pues repartamos el trabajo: yo subiré de nuevo a las galerías para recoger nuestras mochilas y tú registras la habitación —decidió, y desapareció por la puerta metálica en un abrir y cerrar de ojos.

Contemplé aquel viejo despacho con un gesto de cansancio. ¿Quién lo había mandado construir y lo había ocupado medio siglo atrás? ¿Quién había estado sentado en aquella silla, vestido con aquella chaqueta de cuero negro, leyendo aquellos libros que olían a papel enmohecido? ¿Sauckel...? Sí, Sauckel, sin duda, Fritz Sauckel, *gauleiter* de Turingia, ministro plenipotenciario del Reich, responsable del KZ Buchenwald de Weimar, cuyos prisioneros habían construido para él y para Koch la caja fuerte mejor diseñada del mundo. Y, como en toda caja fuerte, me dije, por alguna parte debía existir una cerradura de seguridad cuya combinación sólo Sauckel, y quizá Koch, conocían. Tal vez la cerradura fuera aquel despacho en el que yo me encontraba, situado bajo el centro de la cruz gamada oculta en el trazado de la red de alcantarillado de la ciudad.

Me puse a curiosear en los cajones de la mesa. En el primero de ellos, encontré una carpeta de amarillentas facturas firmadas por Sauckel (lo cual venía a demostrar mis anteriores suposiciones), así como el ejemplar de un periódico austriaco llamado *Volks-Zeitung* del 20 de abril de 1942 (del que apenas pude comprender algunas palabras por culpa de los indescifrables caracteres góticos, tan del gusto de los nazis), cuya fecha estaba subrayada por trazos rojos. El segundo cajón estaba vacío y en el tercero, y último, al fondo, abandonados como si de unos viejos recuerdos turísticos se tratara, hallé un curioso busto de cera de Adolf Hitler, del tamaño de mi puño, con el pelo y el bigote pintados de betún, y una magnífica pitillera de plata, con un espléndido grabado del mapa de la Prusia Oriental, bajo el cual, bordeado por un diseño de hojas de roble, podía leerse la inscripción: OSTPREUSSEN, en letras mayúsculas, y debajo *DIE SCHUTZKAMMER DES VOLKES*, o, lo que es lo mismo, PRUSIA DEL ESTE, PROTECTORA DE LOS PUEBLOS. Al abrirla encontré tres cigarrillos rancios y endurecidos y, en la parte interior de la tapa, también grabada, una reproducción de la firma de Erich Koch con la palabra «*Gauleiter*» debajo de la rúbrica. El objeto era exquisito y debía tratarse de un regalo especial mandado fabricar en serie para entregar a amigos y dirigentes políticos de la más alta jerarquía nazi, porque en una esquina de la parte posterior encontré el sello de la marca del fabricante: *Staatliche Silber Manufaktur Konigsberg Pr.*

En los anaqueles, el registro resultó más entretenido. Disfruté contemplando las obras que Sauckel había considerado dignas de ocupar un puesto en aquella restringida biblioteca personal. Le imaginé, aburrido y fastidiado, pasando las horas muertas en aquel despacho mientras los prisioneros sudaban sangre construyendo su cueva de Alí Babá. ¿Se abriría un panel secreto en alguna pared si gritaba muy fuerte «¡Ábrete, Sésamo!»...? Jamás admitiré haberlo intentado, sólo diré que, poco después, seguí mirando los libros de Sauckel. Al principio no reconocí más que los nombres de algunos autores, pero pronto me descubrí traduciendo los títulos después de limpiar con pañuelos de papel la gruesa capa de polvo que cubría los lomos y las cubiertas: allí estaba *Die Leiden des jungen Werther* (*Las desventuras del joven Werther*) y las dos partes del *Faust. Der Tragödie* (*Fausto. La tragedia*), de Goethe; *Die Relativitätstheorie Einsteins* (*La teoría de la relatividad de Einstein*), de Max Born, publicado en 1920; la edición revisada en 1926 de *Der Untergang des Abendlandes* (*La decadencia de Occidente*), de Oswald Spengler; los dos gruesos volúmenes de *Reise ans Ende der Nacht* (*Viaje al fin de la noche*), de Louis-Ferdinand Céline (¡la obra que yo había terminado apenas dos semanas atrás, con la que había amenazado a Ezequiela cuando entró en mi habitación para hablarme del reloj biológico!); y, por último, *Auf der Suche nach der verlorenen Zeit (En busca del tiempo perdido)*, la insuperable creación literaria de Marcel Proust, publicada en siete tomos encuadernados en vitela y con los títulos en letras doradas. No podía negarse que Sauckel era un lector exigente y selecto, de una amplia cultura. Jamás dejaría de preguntarme cómo era posible que espíritus de tal naturaleza hubieran caído en manos de una ideología tan histriónica y desquiciada como la nacionalsocialista.

—¿Has encontrado algo interesante? —preguntó súbitamente la voz de José desde la puerta.

—¡Me has asustado! —protesté volviéndome hacia él.

—Lo siento, no era mi intención. Pero te recuerdo que aquí no hay timbre. Bueno, dime, ¿has encontrado algo?

—Nada —suspiré con resignación, devolviendo a su sitio el libro que tenía entre las manos—. Aquí no hay nada. Libros, una pitillera de plata... Nada especial.

—No es lógico. Sabemos que hay un tesoro escondido en alguna parte y hemos venido siguiendo una compleja maraña de pistas hasta llegar hasta este despacho subterráneo. ¿Has buscado alguna abertura oculta, algún panel movedizo, algún compartimento escondido...?

—La verdad es que sólo he registrado el despacho —me justifiqué. José tenía razón: allí, en algún lugar en torno a nosotros, se hallaba la entrada a la cámara secreta donde Koch y Sauckel habían escondido los tesoros robados en Rusia durante la guerra, miles de obras de arte de un valor incalculable entre las que se encontraba el famoso Salón de Ámbar del zar Pedro el Grande, la «octava maravilla del mundo», el increíble y legendario Bernsteinzimmer, hecho con placas de ámbar dorado del Báltico.

—Bueno, ahora comamos algo y después nos pondremos a la tarea.

El reloj marcaba la una y media de la tarde.

—¡Tenemos que contactar con Roi! —avisé alarmada.

—Ahora mismo lo hacemos. No te preocupes.

Mientras yo preparaba las exquisitas y deliciosas viandas liofilizadas (estaba harta de aquella comida; me apetecía un buen plato de pasta fresca con mucho queso gratinado), José desembaló los cachivaches electrónicos y le oí llamar repetidamente a Roi.

—¿Qué pasa? —pregunté, sorprendida.

—Roi no contesta —me respondió.

—No puede ser. Inténtalo de nuevo. ¿Has marcado bien la frecuencia?

—Por supuesto. Pero no recibo señal.

—Quizá tenemos demasiada tierra sobre nuestras cabezas.

—No debería importar. Este equipo es muy potente.

—¿Es posible que se haya estropeado?

—No sé... —murmuró, pensativo—. Voy a mirar si tenemos correo de Amalia. Así comprobaré si funciona.

Conectó el ordenador portátil al *walkie*.

—Pues no, tampoco hay mensajes de Amalia... —anunció, más desconcertado todavía—. Sin embargo, parece que todo está bien: he podido entrar en la red Packet sin problemas.

—Es raro. Inténtalo de nuevo con Roi.

Pero tampoco tuvo éxito. Nos miramos, paralizados. Por primera vez, nos sentíamos verdaderamente solos y desamparados bajo tierra, como si el mundo exterior hubiera desaparecido y nosotros fuéramos los únicos supervivientes del último y definitivo holocausto mundial.

—¡No nos preocupemos innecesariamente! —exclamé de improviso, enfadada conmigo misma por mis absurdos temores—. Puede que a Roi se le haya estropeado el *walkie,* puede que se le haya olvidado la hora de la conexión, puede que se haya visto obligado a faltar a este contacto por algún imprevisto... Y puede que Amalia haya roto mi ordenador y lo esté arreglando a toda velocidad para no morir a mis manos cuando salgamos de aquí. ¿No te parece?

—Puede ser... Volveremos a intentarlo más tarde.

Comimos sin dejar de gastar bromas acerca de nuestra estúpida situación. Según José, jamás conseguiríamos salir de aquel laberinto y terminaríamos por crear una raza de humanos acostumbrados a vivir bajo tierra. Cuando dentro de mil o dos mil años los de arriba descubrieran nuestras ciudades, oirían hablar de los primeros Adán y Eva que, en realidad, en la mitología subterránea, se llamarían José y Ana.

—Hay algo a lo que le estoy dando vueltas desde hace tiempo... —apunté cuando terminó de decir tonterías—. Si es cierto que las obras de arte traídas desde Königsberg (Salón de Ámbar incluido) están por aquí, escondidas en estos túneles, ¿cómo consiguieron meterlas a través de las bocas de alcantarilla? Algunas galerías son enormes, es verdad, pero las entradas, incluso esa puerta de ahí, son muy pequeñas.

—Yo no lo veo tan complicado. Seguramente, esta estructura empezó a construirse al principio de la guerra. Recuerda que Koch capitaneaba los primeros destacamentos de trabajadores forzados que llegaron a Weimar para levantar Buchenwald y que fue entonces cuando comenzó su amistad con Sauckel. Con toda probabilidad, cuando los nazis emprendieron el saqueo de Rusia en 1941, Koch y Sauckel organizaron este increíble tinglado. Pongo la mano en el fuego que primero llenaron la cámara de tesoros y luego la cerraron, es decir, cavaron el hoyo, lo llenaron y después lo taparon, y disimularon la entrada con la red de suministro de agua de la ciudad.

—No disimularon la entrada. La ocultaron detrás de un laberinto.

—Como verás, eso implica muchas horas de análisis y planificación. Trabajaron a conciencia para que nadie más que ellos pudiera llegar hasta el escondite. Si Hitler hubiera ganado la guerra, al cabo de pocos años hubieran sido dos de los hombres más ricos de Europa, una Europa gobernada por su país y por su partido, y nadie hubiera indagado el origen de su rápido enriquecimiento. Cuando vieron que la guerra estaba perdida, esos tesoros se convirtieron en su salvoconducto, en su garantía personal de supervivencia.

—Pero Sauckel murió. Fue ejecutado en Núremberg.

—Pero no su familia, ¿acaso no recuerdas que Fritz Sauckel era un antiguo marino mercante, padre de diez hijos? Por eso guardó silencio en Núremberg, es la única explicación posible. Viéndose perdido y sabiendo que, si entregaba los tesoros a los aliados, la alternativa era una cadena perpetua para él en alguna cárcel miserable mientras su familia pasaba estrecheces y necesidades, optó por callar, seguramente tranquilizado por algún pacto entre caballeros establecido con Koch, por el cual éste entregaría la mitad de las riquezas a la numerosa familia de Sauckel.

—Tiene sentido, sí. Pero Koch no cumplió su parte.

—Bueno, no lo sabemos... —murmuró dudoso—. A lo mejor lo hizo.

—Hubiera tenido que hacerlo otra persona por él, y hubiera necesitado ayuda, de manera que este escondite secreto ya no sería tal escondite secreto. ¿Para qué pintar, entonces, el *Jeremías* con las claves encriptadas en hebreo?

José apretó los labios con gesto de frustración y suspiró.

—Creo que tienes razón. Koch traicionó a Sauckel.

—Bueno —dije con resolución, cogiendo la mano de José—, no creo que el *gauleiter* de Weimar merezca nuestra compasión. Pongamos manos a la obra, cariño: en este cubículo hay una segunda puerta que debemos encontrar. A ti te toca inspeccionar el cuarto de los motores y a mí el aseo. Luego, los dos volveremos sobre este despacho, por si se me hubiera pasado algo por alto, ¿vale?

Necesitamos dos horas para llegar a la ultrajante conclusión de que no habíamos sido capaces de encontrar nada. Y, sin embargo, yo estaba segura de que lo que buscábamos estaba allí, que lo teníamos delante de nuestras narices y no podíamos verlo. Y eso me exasperaba y me encorajinaba hasta ponerme de un mal humor insoportable. Estaba acostumbrada a bregar con muros, sistemas de alarma, puertas blindadas, cajas fuertes y perros guardianes, pero no con argucias y artimañas mentales capaces de volver loco a cualquiera.

—¿Nada...? —me preguntó José, desolado, desde el otro lado de la mesa del despacho. Sostenía en la mano la preciosa pitillera de plata firmada por Koch.

—Nada —admití, dejándome caer en uno de los sillones que había a mi espalda.

—¿Estás completamente segura...? —me miraba como si yo fuera el reo y él el juez.

—¡Maldita sea, José! ¡Si te digo que no he encontrado nada, es que no he encontrado nada! ¿Crees que te lo ocultaría? ¿Con qué objeto, eh?

—Quiero decir que si no has encontrado nada que te llame la atención, cualquier cosa que te haya resultado extraña, diferente... Lo que sea, desde alguna cuenta de esas facturas de Sauckel hasta un libro o el pedazo de jabón del cuarto de baño.

—Aparte de que ese pedazo de jabón mugriento pueda estar hecho con grasa del cuerpo de los judíos incinerados en Buchenwald (producto abundantemente fabricado en los campos de exterminio nazis), lo único que se me ocurre, así, ahora mismo, es que, entre los libros de los anaqueles he encontrado la versión en alemán de la novela de Céline que leí hace poco, *Viaje al fin de la noche.*

—¿*Viaje al fin de la noche...*?

—*Reise ans Ende der Nacht* —le corregí—. Va de un soldado francés que resulta herido durante la Primera Guerra Mundial y que regresa a su país para trabajar de médico rural. Es una novela muy amarga, que resulta estremecedora por ese ritmo alterado y quebradizo del estilo de Céline, ya sabes: muchas admiraciones, muchos puntos suspensivos, frases terriblemente cortas... Céline fue acusado de antisemitismo y colaboracionismo con los nazis al terminar la guerra y estuvo bastantes años exiliado en Alemania y Dinamarca. Aun así, se le considera una de las figuras más notables de la literatura de este siglo. Por cierto que, cuando lo estaba leyendo, una noche entró Ezequiela en mi habitación para pedirme que...

La sangre se me heló en las venas. Enmudecí.

—Para pedirte... —me animó José, desconcertado por mi brusco silencio.

—¡Lo tengo, José! ¡Ya lo he encontrado!

—¿Lo has encontrado...? ¿Qué has encontrado?

No le hice caso. De un salto me puse en pie y, como una exhalación, llegué hasta las repisas donde se encontraban los libros. Recordaba perfectamente haber amenazado a Ezequiela con el grueso tomo del *Viaje al fin de la noche,* un *único* tomo, no *dos* como en la edición alemana. Era imposible publicar esa obra en dos partes tan voluminosas como las que allí había. Simplemente, el texto no daba para tanto, aunque lo hubieran impreso con letras del tamaño de una moneda de veinte duros. Podía equivocarme, es verdad, pero menos era nada.

—¡Mira, mira! —grité alborozada: el primero de los dos libros contenía, en efecto, la novela de Céline. El segundo, sin embargo, resultó ser otro libro completamente distinto, al que le habían añadido unas tapas falsas—. *Volk ans... Ge... wehr! Liederbuch der... Nationalso... zialistis... chen Deutschen Arbei... ter Partei* —balbucí dificultosamente. Una cosa es saber leer alemán y otra muy distinta pronunciarlo en voz alta.

—¡Dios mío, no he comprendido nada! —se quejó José, arrebatándome el ejemplar de las manos y examinándolo con ojos de experto—. *Volk ans Gewehr! Liederbuch der Nationalsozialistischen Deutschen Arbeiter Partei* —moduló con su perfecto dominio de la lengua de Goethe, y, luego, tradujo:— *¡Pueblo, al fusil! Libro oficial de canciones del Partido Nacionalsocialista de los Trabajadores Alemanes.* Es una edición de 1934.

—¡Ábrelo!
Haciendo pinza con el índice y el pulgar de la mano derecha, pasó rápidamente las hojas echándoles un ligero vistazo.

—Aquí hay algo —anunció, deteniéndose y abriendo el libro por la mitad.

—¿Qué hay? —Mi impaciencia no tenía límites. Asomaba la cabeza por encima de su hombro, en un vano intento por ver lo que había encontrado.

—Una de las canciones está subrayada con lápiz rojo.

—¿Y qué dice?

—Se titula *Hermanos, en minas y galerías.* Es de un tal Host Wessel, jefe de las SA de Berlín.

—¡Tradúcemela, por favor!

—«Hermanos, en minas y galerías —empezó—, hermanos, vosotros en los despachos y oficinas / ¡seguid la marcha de nuestro Führer! / Hitler es nuestro conductor, / él no recibe paga áurea / que rueda a sus pies / desde los tronos judíos. /Alguna vez llegará el día de la riqueza, / alguna vez seremos libres: / Alemania creadora, ¡despierta! / ¡Rompe tus cadenas! / A Hitler somos lealmente adictos, / ¡fieles hasta la muerte! / Hitler nos ha de llevar fuera de esta miseria.»

—¿Ya está...?

—Ya está.

—Hitler nos ha de llevar fuera de esta miseria —repetí, como hipnotizada—. Hitler nos ha de llevar...

—Está muy claro —anunció José—. La pista es Hitler.

—Lo de «Hermanos, en minas y galerías, hermanos, vosotros en los despachos y oficinas» parece hecho a propósito para este lugar.

—Por eso la eligieron Sauckel y Koch. Por eso y porque les venía de maravilla para sus planes. Los dos versos siguientes son muy claros: «¡Seguid la marcha de nuestro Führer! Hitler es nuestro conductor.» ¿Qué hay de Hitler por aquí?

—Lo único que he visto es ese horroroso busto de cera del último cajón de la mesa.

—¡Ah, sí, el que estaba junto a la pitillera de plata! Es de un mal gusto increíble.

Me encaminé hacia el escritorio y abrí de nuevo el cajón. La cabecita de cera pintada de betún rodó hacia mí, dando tumbos, desde el fondo de la gaveta. La cogí y la examiné cuidadosamente.

—No parece tener nada especial... —dictaminé pasado un momento—. Desde luego no creo que sea la solución a nuestro problema.

—Intenta romperla, o cortarla, o abrirla por la mitad.

—¡Sí, hombre! —protesté indignada—. Quizá haya que colocarla en algún lugar especial para que se abra la puerta de la cámara del tesoro.

—¡Qué imaginación más fértil! —rezongó José, arrebatándome al pequeño monstruo de las manos—. ¿Has visto por aquí alguna hornacina con el perfil de este repugnante objeto? ¿No...? Pues entonces déjame a mí.

Intentó clavar en la base del busto la punta de un cuchillo que sacó de la mochila, pero la cera se había endurecido con los años y parecía pedernal. Con mucho esfuerzo, apenas consiguió desprender algunos fragmentos.

—Más vale maña que fuerza —sentencié—. Déjame a mí.

Con mucha parsimonia, encendí el hornillo de gas y, sobre él, puse el pequeño recipiente metálico que utilizábamos para calentar el agua en el que había dejado caer la cabeza de Hitler. La cera vieja puede ser muy dura, le expliqué tranquilamente a José, pero no por ello deja de ser cera. Instantes después, un caldo espeso tiznado de estrías negras empezó a burbujear en el interior de la cazoleta.

—O tienes éxito... —murmuró José—, o has acabado para siempre con nuestras posibilidades de encontrar el Salón de Ámbar.

No contesté. Había visto la esquina de un pequeño objeto metálico aparecer y desaparecer súbitamente en la superficie de la sopa. Apagué el fuego.

—Pásame el cuchillo, por favor —urgí.

Arrastrándola con la punta afilada, arrinconé y, por fin, saqué, una gruesa llave de doble pala guiada.

—¿Qué te parece? —inquirí, orgullosa, poniéndola delante de la cara de José.

—Parece la llave de una caja fuerte.

—Es la llave de una caja fuerte —corroboré como perita en la materia que soy—. Este tipo de llaves todavía se utiliza hoy en las cerraduras analógicas de alta seguridad. Trabaja con un doble juego de guías dentadas que encajan en dos ejes paralelos de guardas.

—Caramba, parece algo importante. Pero ¿dónde está la caja fuerte que se abre con esta maravillosa llave?

—Bueno —repuse—, no tengo ni idea. Pero, al menos, ahora sabemos lo que debemos buscar: una bocallave, seguramente disimulada.

—¿Una cerradura, quieres decir?

—Exacto. Así que manos a la obra.

—Vale, pero empiezo a estar harto de este sitio.

—Sí, yo también. Pero no hay otro remedio. Venga.

Algún dios desconocido tuvo piedad de nosotros. Quizá Hermes, que, además de proteger los cruces de caminos, es el bienhechor de los ladrones y el soberano de las ganancias inesperadas. El caso es que encontramos la dichosa cerradura con bastante facilidad: mi amor por los libros me llevó a desalojar en primer lugar los anaqueles de madera para dejar al descubierto la pared posterior, y allí, detrás de *Die Relativitätstheorie Einsteins* de Max Born, apareció, no sólo la bocallave buscada, sino también la rueda de combinaciones, de dos discos y, a la derecha, tras los siete tomos en vitela de *Auf der Suche nach der verlorenen Zeit (En busca del tiempo perdido)*, de Marcel Proust, el volante para hacer girar los pestillos. No había, en realidad, caja fuerte: había una enorme puerta acorazada, camuflada bajo una capa del mismo yeso que cubría las paredes, que coincidía con la cavidad en la que encajaban horizontalmente los tableros de madera. ¡Qué tontos habíamos sido al no darnos cuenta!

La llave de doble pala, después de desprender los restos de cera, encajó a la perfección en el orificio y giró las guardas.

—¿Y ahora qué? —preguntó José, desconcertado—. Tú eres la experta en cerraduras.

—Ahora, cariño, tenemos un problema. Los discos de la rueda de combinaciones pueden formar hasta cien millones de claves de longitud desconocida. Así que sólo nos queda apelar a la lógica. Si tú, hombre inteligente y miembro de un exquisito grupo de ladrones de obras de arte, pusiste como clave de acceso a tus ficheros secretos el número de una de tus tarjetas de crédito, Sauckel, que fue quien supervisó las obras y utilizó este despacho, debió poner una combinación que reprodujera alguna tontería semejante.

—Gracias por la parte que me toca.

—De nada —suspiré—. De modo que sólo necesitamos saber fechas tales como la de su nacimiento, el de su mujer, los de sus diez hijos, el de su madre... o la de su entrada en el partido nazi, la del día de su ascenso a ministro de Reich, la de...

—¡Vale, lo he comprendido! Sin embargo, pienso que, si hasta ahora hemos sido guiados paso a paso por multitud de pistas y señales, no tiene por qué ser diferente en este caso. Busquemos en las facturas, por ejemplo, o en las páginas de ese periódico austriaco que hay en uno de los cajones de la mesa.

—¡El periódico! —exclamé— ¡Eso es! ¡La fecha estaba marcada en rojo, como los versos de la canción! ¡Creo que era el 20 de abril de 1942!

José abrió el cajón y sacó el ejemplar del *Volks-Zeitung.*

—Sí, el 20 de abril de 1942, cumpleaños del Führer, Adolf Hitler, según reza, en grandes letras góticas, el titular de portada. Ese día —leyó— hubo una gran celebración en la Cancillería del Reich, en Berlín, y multitud de actos festivos por toda Alemania. El Führer recibió tantos regalos que, para darles cabida, hubo que habilitar varias salas del palacio de Charlottenburg.

No pude contener la risa y solté una estruendosa carcajada.

—¡Qué mente tan retorcida! —dejé escapar entre hipos—. ¡Qué admirable capacidad para los entuertos! ¿No te das cuenta, José? ¡Charlotten-burg! ¡Charlottenburg! ¡Los regalos del Führer se guardaron en Charlottenburg! El Salón de Ámbar, el Bernsteinzimmer, fue construido por Federico I de Prusia para utilizarlo como salón de fumar en su palacio de Charlottenburg, ¿no te acuerdas? Nos lo explicó Roi en el IRC.

José esbozó una sonrisa siniestra.

—Tienes razón; ¡qué mente tan retorcida! «Hermanos, en minas y galerías, hermanos, voso-tros en los despachos y oficinas —declamó a voz en grito—, ¡seguid la marcha de nuestro Führer! Hitler es nuestro conductor.» ¡Prueba con la fecha del cumpleaños de Hitler, cariño! ¡Apuesto mi jo-yería a que se abre a la primera!

Giré los discos hasta formar la combinación «2004» y, con una simple rotación del volante, des-corrí, a la primera —como había dicho José—, los cinco pestillos cilíndricos de acero cuyos extremos quedaron a la vista cuando empujamos la pared y ésta giró sobre sus goznes, dejando al descubierto el profundo y oscuro túnel de una mina. José, si-guiendo su costumbre, procedió a pulsar rápida-mente el ancho interruptor de cerámica situado a la derecha y una larga hilera de bombillas desnudas se encendió con titubeos en el techo, dejando al descubierto unas paredes de piedra viva. En el sue-lo, de tierra negra, apelmazada y húmeda, dibujan-do el mismo itinerario rectilíneo que la formación de bombillas, unos viejos raíles para vagonetas nos marcaban el camino que debíamos seguir.

—¿Vamos...? —preguntó José, mirándome ri-sueño.

—Vamos.

La galería, de unos cien metros de largo, se encaminaba hacia un sólido muro de cemento gris, que la cerraba y que formaba ángulo recto con las paredes de piedra. Un vano en el muro daba acceso a un nuevo pasillo de fabricación humana.

—Lo mismo hubiera dado que escondieran sus tesoros en las tripas de la pirámide de Keops —murmuré sobrecogida—. Es igual de divertido. Tengo la sensación de que vamos a encontrarnos con la tumba del faraón de un momento a otro.

—No te preocupes, cariño, yo te protegeré si te ataca la momia.

—A veces tienes un humor bastante negro, José.

—¡Pensar que siempre había creído que Peón era valerosa e intrépida como las heroínas de los cuentos!

—¡Soy valerosa e intrépida como las heroínas de los cuentos! —protesté enérgicamente—. ¡Pero es que este lugar resulta tétrico! Es como si flotara un soplo maligno en el aire.

Habíamos llegado al fondo del pasillo, que torcía a la derecha, y allí encontramos dos puertas entreabiertas, una a cada lado. La primera nos introdujo en un espacioso cuarto de paredes alicatadas y suelo de baldosas en el que había una sucesión de duchas, letrinas y lavabos, todo muy lóbrego y sucio; la segunda, en un comedor con un par de mesas en el centro, cubiertas de polvo, y, contra las paredes, vitrinas con platos, vasos y fuentes. Otra puerta, dentro de aquella misma estancia, conducía a un segundo comedor repleto de largos tablones de madera sin desbastar y bancos de similares características. Colgados de los muros, emblemas nazis como banderolas, estandartes, fotografías de Hitler y una placa de hierro con un águila negra de largas alas que sujetaba entre las garras una corona de laurel con una esvástica en el centro.

—¿Qué se supone que es este sitio? —quise saber, confundida.

—Parece un cuartel. O una cárcel.

Salimos de nuevo al pasillo y seguimos con nuestra inspección, más desconcertados que al principio. Junto a los comedores, unas láminas metálicas, que giraban en ambos sentidos, daban paso a las cocinas, que olían a inmundicias, como si cincuenta años no hubieran sido suficientes para borrar el hedor de los primeros días. Después, el corredor por el que avanzábamos se dividía en dos brazos, a derecha e izquierda. La pared del frente, que iba de lado a lado, mostraba cuatro puertas iguales. José abrió la más cercana a nosotros, miró el interior y retrocedió bruscamente, cerrando de golpe.

—¡Casi me pisas! —me indigné.

José estaba blanco como el papel.

—Lo siento, cariño —musitó.

—¿Qué pasa? ¿Qué había ahí dentro?

—No lo tengo muy claro... —confesó con un hilo de voz—. Pero creo que será mejor que entre a mirar mientras tú te quedas aquí quietecita.

—¡No pienso quedarme aquí quietecita! ¡No soy ninguna niña pequeña a la que debas proteger, José! Te recuerdo que he vivido situaciones mucho peores que ésta y que estoy acostumbrada a...

—¡Vale, vale, pero luego no digas que no te avisé! —me cortó, frunciendo el ceño.

Abrió de nuevo la puerta y le vi tantear la pared en busca del pulsador de la luz. Era la primera habitación que encontrábamos a oscuras. Las demás tenían las bombillas encendidas, como si se las hubieran dejado a propósito para controlarlas desde arriba con el generador. Cuando se hizo la claridad, el espectáculo que se ofreció ante nuestros ojos resultó demoledor. Nunca en mi vida hubiera imaginado una tragedia como aquélla, un horror tan espeluznante.

Recuerdo que sentí un golpe atroz en el centro del pecho —como si una piedra me hubiera golpeado en pleno corazón—, cuando vi aquellas filas de cadáveres, aquellos esqueletos todavía maniatados a sus camastros y vestidos con los jirones de las ropas a rayas de los prisioneros de los campos nazis de exterminio. Un gemido me subió por la garganta hasta casi ahogarme. No era miedo, ni siquiera asco o aprensión; era una pena infinita que me hacía albergar contra Sauckel y Koch los peores sentimientos que había experimentado a lo largo de toda mi vida.

José me abrazó y me sacó de allí. Mientras yo permanecía impávida en el mismo lugar en el que me había dejado, él registró las otras habitaciones del pasillo. En todas, lamentablemente, encontró lo mismo: en las dos de la derecha, otros grupos similares de prisioneros atados a sus catres y muertos por ráfagas de metralleta; en la de la izquierda, al fondo, soldados alemanes, sorprendidos por idéntica muerte durante el sueño. Ningún testigo había sobrevivido. Nadie había podido salir de allí para contar lo que había visto.

Lo que más me cabreaba era comprobar que nada había cambiado desde que aquellos pobres hombres habían sido asesinados: los serbios habían construido también sus campos en los Balcanes para llevar a cabo su particular limpieza étnica; las dictaduras sudamericanas habían hecho desaparecer a miles de jóvenes después de torturarlos; en Brasil, los niños morían acribillados en las calles por los disparos de los escuadrones de la muerte que salían de caza al anochecer... Y así, un interminable etcétera de modernos genocidios, tan sanguinarios como el llevado a cabo por los nazis medio siglo atrás.

Me sentía enferma y asqueada. Sólo quería volver a casa y olvidarlo todo. Me importaba muy poco el maldito Salón de Ámbar y las malditas obras de arte.

—¡Ana, ven! ¡Ven y mira!

El grito de José me sacó del ensimismamiento.

—¡Lo hemos encontrado, Ana! ¡Ven y mira qué belleza!

Caminé como una autómata hacia el lugar desde el que me llegaba la voz, una puerta situada frente al dormitorio de los soldados, en el extremo del pasillo. Me sorprendió no encontrarle allí cuando la atravesé. Aquello parecía un almacén de provisiones y materiales. Por todas partes podía ver grandes latas de comida y herramientas de trabajo: desde martillos, punzones y picos, hasta alicates, sierras y tenazas.

—¡Ven, Ana, ven! ¡Es lo más hermoso que he visto en mi vida!

La llamada procedía de algún lugar situado detrás de una de las estanterías abarrotada de guantes de lona, mazos y palas de campaña de la Wehrmacht. Sorteaba los obstáculos ajena a todo, como hipnotizada, dirigida por la voz. Entonces, el brazo de José levantó desde el interior una pesada y oscura cortina de hule, dejándome súbitamente frente a una deslumbrante revelación de oro y luz.

Pero no, no era oro. Era ámbar.

A modo de brillantes colgaduras, largos paneles dorados caían desde un cielo abovedado increíblemente azul hasta un suelo de maderas oscuras donde el nácar dibujaba volutas y olas marinas. Entre los paneles, para romper la monotonía del color, estrechas cintas de espejo reflejaban hasta el infinito la luz de los candelabros del friso (escoltados por alados querubines) y de las lámparas sujetas por brazos de oro al mismo azogue. Tres puertas lacadas en blanco y con ornamentos dorados —una en el centro de cada pared—, idénticas a la que yo había atravesado inadvertidamente al pasar bajo la cortina de hule, sostenían paneles rectangulares realzados con relieves de festones y guirnaldas. Y por si toda aquella barroca fastuosidad no fuera suficiente, por si aquella deslumbrante exhibición de lujosos ornamentos blancos, dorados, amarillos y naranjas no resultara sobradamente perturbadora, piezas y placas de oro puro componían las molduras, cornisas, boceles, acodos y remates.

Di un paso adelante. Luego otro más. Y luego otro y otro... hasta quedar situada en el centro de la altísima y descomunal sala. Una leve capa de polvo cubría las negras maderas del suelo, suavizando el brillo charolado del barniz.

—Jamás... —musité—. Jamás había visto nada tan bello.

—Es un poco rococó para mi gusto —observó José, junto a mí—, pero, sí, bello. Infinitamente bello.

Durante un buen rato permanecimos mudos, absortos en la contemplación de aquella maravilla que había enamorado el corazón de un zar. El ámbar desprendía un olor especial, como de sándalo y violeta. Quizá había estado expuesto mucho tiempo a tales aromas y los había conservado en su propia materia. De pronto me sobresalté: me había parecido escuchar un rumor sordo a lo lejos.

—¿Has oído algo, José? —pregunté con el ceño fruncido.

—¿Algo...? No, no he oído nada —repuso tranquilamente, cogiéndome de la mano y arrastrándome hacia adelante—. Vamos, que todavía tenemos muchas cosas que ver.

Las cuatro puertas del salón estaban abiertas. Una de ellas, a nuestra espalda, era la que habíamos utilizado para entrar; las dos laterales dejaban ver detrás el muro de roca de la mina. La de enfrente, sin embargo, mostraba una nueva cámara iluminada.

Esta vez sí. Esta vez se materializó la imagen mental que tenía del lugar en el que debían estar escondidas todas las obras de arte y los objetos de valor robados por el *gauleiter* de Prusia, Erich Koch, durante la invasión de la Unión Soviética. En mil ocasiones había imaginado —aunque mucho más pequeña— esa nave que ahora tenía delante, con todas esas pilas de embalajes que casi llegaban al techo. En realidad, era una galería de piedra escarpada, de proporciones descomunales (debía serlo, pues albergaba perfectamente los elevados paneles de ámbar del salón), cuyo final no podía descubrirse detrás de los cúmulos de cajas y fardos que, poco más o menos, ocultaban todo el piso de tierra.

Un primer y trastornado vistazo nos hizo comprender el alcance del valor de lo que allí había escondido: más de un millar de cuadros de Rubens, Van Dyck, Vermeer, Caneletto, Pietro Rotari, Watteau, Tiepolo, Rembrandt, El Greco, Anton Raphael Mengs, Carl Gustav Carus, Ludwig Richter, Egbert van der Poel, Bernhard Halder, Ilia Yefímovich Krilov, Ilia Repin, Max Slevogt, Egon Schiele, Gustav Klimt, Corot, David... Además de otro millar de dibujos, grabados y láminas de valor semejante. Joyas, objetos de arte egipcio, iconos rusos, tallas góticas, armas, porcelanas, instrumentos de música antiguos, monedas, trajes de la familia imperial rusa, vestiduras de patriarcas, coronas, medallas de oro y plata... Ni siquiera era posible pensar en el precio incalculable de alguno de aquellos objetos sin sentir un desvanecimiento.

Estábamos atónitos, boquiabiertos, deslumbrados. Apenas podíamos creer lo que veíamos. Finalmente, José se me acercó por detrás y me abrazó. Yo sostenía en la mano una lámina de Watteau con el apunte a sanguina de un joven pierrot.

—¡Los del Grupo no querrán creernos cuando se lo contemos! —me dijo al oído.

—Pues tendrán que hacerlo —afirmé, muy decidida—. Aquí hay un montón de trabajo para todos. Piensa por un momento en lo que va a suponer organizar la salida de todo este material y el transporte a lugares seguros.

—Bueno... —comentó José, pensativo—, para eso tenemos a Roi. Él es el cerebro del Grupo de Ajedrez. ¡Mayores problemas ha resuelto con éxito! Y, por cierto, son casi las once de la noche, cariño. Deberíamos subir para cenar algo y contactar con él. Debe de estar preocupado.

—No, Cavalo, no lo estoy. No estoy preocupado en absoluto.

¿Roi...? ¿Qué hacía Roi allí...? Giramos los dos al mismo tiempo, a la velocidad del rayo, para comprobar que, en efecto, detrás de nosotros, apuntándonos con una pistola, estaba Roi.

Roi no había venido solo. Tres hombres más le acompañaban. Uno de ellos, de una edad similar a la de Roi y vestido con una estrafalaria americana verde, nos miraba desde lejos con expresión risueña. Tenía las manos metidas en los bolsillos del pantalón (supongo que por el frío) y se mantenía un tanto apartado del grupo, como si aquello no tuviera nada que ver con él. Su aspecto era el de un nuevo rico que se divierte viviendo acontecimientos extravagantes. Tenía el rostro ancho y rubicundo, y los ojos, felinos, hacían juego con la chaqueta. Los otros dos, mucho más jóvenes, parecían sus guardaespaldas: altos, fornidos y musculosos hasta la exageración, mostraban en sus caras las marcas innegables de abundantes peleas. También ellos nos estaban apuntado con sus pistolas. Todos, incluso Roi, parecían estar pasando mucho frío; las ropas que llevaban no eran las adecuadas para las bajas temperaturas de las galerías.

—¿Roi...? —balbucí incrédula. Mis ojos iban alternativamente desde su rostro al cañón de su arma, que me apuntaba—. ¿Qué significa esto, Roi?

—Significa lo que estás pensando, Peón.

A pesar de sus setenta y cinco años, Roi seguía teniendo un aspecto imponente. Era más alto que José y vestido con aquel pantalón y aquella chaqueta deportiva aparentaba veinte años menos. Sus ojos grises, tan familiares para mí, me observaban desde debajo de sus erizadas cejas con una insultante frialdad que me heló la sangre. ¿Era aquél el príncipe Philibert a quien conocía desde la infancia, que me había visto crecer, que había sido amigo de mi padre hasta el día de su muerte y que seguía preguntándome por mi tía Juana antes de cada reunión en el IRC...?

—No estoy pensando nada, Roi —murmuré con tristeza—. Me gustaría que me lo explicaras tú.

—¡Sí, Roi, yo también quiero oír una explicación de tu boca! —confirmó José, desafiante.

—Antes, permitidme que cumpla con las más elementales normas de cortesía. Ana, José... —dijo, y se volvió hacia el hombre de la americana verde—, os presento a mi buen amigo Vladimir Melentiev, el cliente para el que habéis estado trabajando.

¡Melentiev! ¡Aquel viejo insolente era Vladimir Melentiev, el que nos había contratado para que robáramos el *Mujiks* de Krilov!

—A estos muchachos que están a mi lado no hace falta presentarlos —continuó—. Trabajan para él. Cuidan de su seguridad.

—¡Pues no parecen cuidarle mucho en este momento! ¡Están bastante ocupados vigilándonos a nosotros! —le espetó José, que no me había soltado ni por un momento. Sentía la presión de sus dedos en mis brazos como si fueran garras crispadas.

Roi soltó una carcajada que reverberó en el túnel de la mina.

—Verás, Cavalo —le explicó cuando consiguió calmar su risa—. Vladimir y yo ya somos demasiado mayores para estas desagradables aventuras. Pável y Leonid se encargarán de terminar con vosotros cuando llegue el momento. Yo, sinceramente, no podría. Debo reconocerlo.

—¡Menos mal que aún conservas algo de humanidad! —ironizó José. Podía notarle en la voz que, como yo, estaba herido en lo más hondo. Roi también había sido amigo de su padre. Además, tanto para él como para mí (y, por supuesto, para los demás miembros del Grupo), Roi siempre había sido una figura primordial, una personalidad emblemática, profundamente respetada. Él cuidaba de nosotros, cuidaba de que todo saliera bien, organizaba las operaciones, exigía la máxima seguridad... Y ahora nos apuntaba con su pistola como si no nos conociera, como si no le importara matarnos o como si no le importara que Pável y Leonid nos mataran. Aquello era de locos.

—¿Por qué, Roi? —quise saber—. ¿Por qué todo esto?

—Por dinero, mi querido Peón, por mucho dinero. ¿Por qué otra cosa podría ser si no...? Vladimir sólo desea el Salón de Ámbar. Tiene planes muy ambiciosos y lo necesita. Lo demás, todo lo que hay en esta nave, es para mí. De hecho, es mío —recalcó con un brillo acerado en los ojos—. Verás, Peón, ya lo había perdido todo mucho antes de que llegara esta última y monstruosa crisis económica. Tenía, incluso, hipotecado el castillo y sólo me quedaba la pequeña fortuna que Rook me invertía en bolsa con más o menos habilidad. En este momento ni siquiera tengo ese dinero. No tengo nada. Ni un franco. Las deudas han acabado con todo mi capital.

—¿Y dónde has metido todo el dinero que hemos ganado con nuestras operaciones? ¡Es mucho, Roi! No puede ser que hayas llegado a estar tan arruinado.

—Sí, mi querida niña —confirmó, dulcificando por fin el gesto y la voz—. Completamente arruinado. Había especulado peligrosamente en ciertos mercados de alto riesgo y salió mal. Aguanté todo lo que pude, pero, al final, me hundí.

—Armas —declaró lacónicamente Melentiev.

—¿Armas...? —No podía creer lo que estaba oyendo. ¿Roi metido en el tráfico de armas?

—Bueno, armas y algunas otras cosas —nos aclaró un poco azorado—. No importa. El caso es que salió mal. Entonces recibí la visita de Vladimir. Conocía la existencia del Grupo de Ajedrez desde muchos años atrás, prácticamente desde que lo fundé en los años sesenta con ayuda de tu padre, Cavalo, y también del tuyo, Peón. El KGB siempre ha sabido que yo era un ladrón de obras de arte, aunque no me vincularon con el Grupo hasta más tarde.

—¡Saben quiénes somos! —exclamó José, aterrado. La seguridad de Amalia se me atravesó en el estómago: ¡la niña podía estar en peligro!

—¡No, eso no! —profirió Roi—. Sólo me conocían a mí. En aquellos tiempos, yo no trabajaba únicamente con el Grupo de Ajedrez. De hecho, si lo fundé, fue para encubrir otras actividades que llevaba a cabo yo solo. Vuestros padres, por ejemplo, nunca supieron que realizaba operaciones al margen. A veces, incluso, preparaba para ellos algún robo que me servía para ocultar otro más importante.

—El príncipe Philibert de Malgaigne-Denonvilliers —silabeó lentamente Melentiev con su acusado acento ruso— era una celebridad en el KGB. Creíamos que actuaba solo, hasta que los ordenadores relacionaron los robos del Grupo de Ajedrez con sus movimientos. Estaba muy vigilado —terminó.

—¡No puedo creer lo que estoy oyendo! —tronó José, apretándome los brazos con más fuerza—. ¡No puedo, Ana, no puedo creerlo! ¡Nos ha traicionado!

—¿Y de qué conocías a Melentiev? —pregunté exasperada—. ¿Por qué nos metiste en esto? ¿Por qué ahora?

La idea de la muerte no entraba en mi duro cerebro. No recuerdo haber creído ni por un instante que iba a morir. Quizá, eso sí, me angustiaba que le hicieran daño a José. Perderle tan pronto no entraba en mis planes. No sé si es que la mente tiene extraños recursos defensivos y no ve lo que no quiere ver, o que yo sabía, por alguna premonición inexplicable, que todavía no había llegado mi hora.

—Bueno, lo cierto es que a Melentiev lo conozco desde hace mucho tiempo. Hemos trabajado juntos en alguna ocasión, ¿verdad, Vladimir? —El ruso asintió con la cabeza y se cerró el cuello de la discreta americana verde con una mano. El desgraciado tenía un frío de mil demonios—. Mi viejo amigo es un ruso cabal y orgulloso. Su espíritu capitalista no soporta la miseria de sus compatriotas. Cree que Yeltsin es un inepto, un pelele puesto al frente de su país por Estados Unidos, que le mantiene en el poder a cualquier precio, ayudándole a salir de los atolladeros en los que él solito se mete por su incompetencia. Vladimir cree que la salud de Yeltsin no aguantará hasta las elecciones presidenciales del año 2000. Por eso necesita urgentemente el Salón de Ámbar... —Se quedó en suspenso unos instantes, como dudando, y luego continuó—. Pocos días antes de morir en Barczewo, Erich Koch le habló del *Jeremías*. Le dijo que muchos años atrás, antes de ser capturado, había pintado un cuadro en el que había escondido las claves para encontrar sus tesoros, pero que ni él ni nadie lo encontraría jamás. Le dijo que estaba muy bien escondido detrás de otro cuadro. Vladimir no informó a sus superiores acerca de esta última fanfarronada de Koch, que muy bien podía ser cierta. Durante años realizó investigaciones por su cuenta hasta que descubrió la existencia de Helmut Hubner. Hubner fue quien pilotó desde Königsberg a Buchenwald el Junker 52 a bordo del cual viajaron los paneles del Salón de Ámbar. —Se detuvo de nuevo y miró a su alrededor—. Todas estas maravillas que veis aquí llegaron por tierra, en camiones, pero el Salón de Ámbar vino volando desde Prusia. Era la forma más segura y discreta. Hubner nunca supo lo que transportó en aquel vuelo, pero Vladimir ató cabos y lo adivinó. De ahí al regalo de Koch, el *Mujiks* de Krilov, como agradecimiento a Hubner por haberle alojado en su casa de Pulheim, en Colonia, durante cuatro años (hasta que fue detenido por los aliados), no había más que un paso. Cuando vino a verme, hacía ya mucho tiempo que Vladimir conocía la existencia del *Jeremías* detrás del *Mujiks*. Pero Hubner se había negado en redondo a vender el lienzo de Krilov y, además, aunque lo hubiera vendido, habría sido imposible para Melentiev descifrar las claves de Koch y llegar hasta este magnífico escondite. Era un desafío que el Grupo de Ajedrez sí podía afrontar, y yo le aseguré que nosotros lo conseguiríamos, que encontraríamos el Salón de Ámbar. Y ya veis que no me equivoqué —sonrió con orgullo—. Ahora, Vladimir podrá entregar el salón a su propio candidato a la presidencia de Rusia, Lev Marinski, del Partido Nacional Liberal (de corte ultranacionalista, debo añadir), a quien, sin duda, este increíble golpe de efecto ayudará mucho en las próximas elecciones. Seguro que se hará con la victoria y que sabrá ayudar a sus amigos cuando tenga el poder.

—¡SUÉLTALOS, ROI! —gritó a pleno pulmón la voz de Läufer—. ¡SUÉLTALOS AHORA MISMO O MATO A MELENTIEV!

Me había llevado un susto de muerte. José también se sobresaltó ostensiblemente a mi espalda. ¡Läufer! ¡Läufer estaba allí! Aquello empezaba a parecer una reunión del Grupo.

El bueno de Heinz había entrado sigilosamente en la nave mientras Roi se explayaba a gusto contándonos los entresijos de la que empezó siendo Operación Krilov y, aprovechando la colocación rezagada de Melentiev, le había apresado, poniéndole al cuello un peligroso punzón que había cogido del almacén de comida y herramientas. A partir de ese instante, los acontecimientos se desarrollaron vertiginosamente: el desconcierto creado por la sorprendente aparición de Läufer fue muy bien utilizado por José, que se abalanzó sobre Roi y le desarmó fácilmente. Roi era un viejo de setenta y cinco años, helado de frío y falto de reflejos, así que no opuso ninguna resistencia, rindiéndose sin forcejeos. También yo aproveché bien la situación, desarmando de una certera patada a uno de los guardaespaldas de Melentiev, mientras el otro se quedaba paralizado como una estatua por miedo a que Läufer atravesara el cuello de su jefe con el afilado pincho de hierro.

Así que, en cuestión de unos segundos, la situación había dado un giro completo. Ahora, José amenazaba a Roi con la pistola, Läufer seguía reteniendo a Melentiev y yo estaba maniatando, con las correas de cuero de unos fardos cercanos, a los muchachotes rusos.

—No te atreverás a matarme, Cavalo —afirmó Roi muy sonriente, mirando fijamente a su guardián.

—No apuestes nada por ello —le respondió José, clavándole el cañón de la pistola en las costillas.

Yo sabía que Roi tenía razón, que José no sería capaz de hacerlo, por eso me apresuré con las ataduras de Pável y Leonid y corrí a maniatar al príncipe. Quería que José soltara el arma; me repugnaba verle con esa cosa negra en la mano. También sabía que Läufer no podría hacerle daño a Melentiev, así que me di mucha prisa con el príncipe Philibert y fui rápidamente hacia el mafioso. En un santiamén todos estaban maniatados y sentados en el suelo, apoyados contra una montaña de cajas llenas de cuadros.

Sólo entonces me abracé a Läufer como una loca, llorando de alegría.

—¡Cómo me alegro de verte! ¡Cómo me alegro de verte! —repetía una y otra vez entre beso y beso. No es que yo sea muy expresiva con mis afectos, pero hay momentos en que la situación me desborda y no puedo evitar hacer el ridículo. Gruesos goterones me resbalaban por las mejillas hasta caer en la camisa del bueno de Heinz, que me estrechaba también, emocionado. Sólo después de mucho rato me di cuenta de que el pobre estaba temblando como una hoja. Me separé, me sequé los ojos y le observé—. ¡Estás congelado, Läufer!

—¡Aquí hace mucho frío! —castañeteó entre dientes.

—¡Vamos al despacho! —propuso José.

—¿Y qué hacemos con esos cuatro? —pregunté, volviéndome a mirarlos. Los ojos de Roi se cruzaron, burlones, con los míos. Debí sospechar entonces que estaba tramando algo, pero, desgraciadamente, no lo hice. Me sentía mucho más preocupada por Heinz. Sabía, eso sí, que teníamos un grave problema con ellos: matarlos, no los íbamos a matar, eso estaba claro, pero tampoco podíamos entregarlos a la policía, ni dejarlos allí, ni llevarlos con nosotros, porque, sin duda, una vez arriba, intentarían liquidarnos en cuanto tuvieran ocasión.

—¡Que se queden ahí! —respondió José con desprecio, alejándose con Läufer—. Dentro de un rato les bajaremos algo de comida.

Una punzada me atravesó el corazón y no fui capaz de marcharme sin haber dejado caer sobre Roi y sus estúpidos compañeros un puñado de pesadas y preciosas vestiduras imperiales. Eso, al menos, les quitaría el frío. Luego, me fui. Eché a correr en pos de José y de Heinz que ya habían atravesado el Salón de Ámbar.

Cruzamos el cuartel, subimos por la mina y alcanzamos el despacho de Sauckel con tanta alegría como si fuera un viejo hogar. Allí estaban nuestras mochilas, y también el hornillo, sosteniendo todavía la cazoleta con los restos de cera. José arrancó la chaqueta de cuero negro del perchero y se la puso a Heinz por los hombros, no sin antes haberle dado un par de buenos guantes y el jersey que guardaba para ponerse cuando saliéramos al exterior. En el despacho hacía bastante calor, un calor húmedo y pegajoso, pero nuestro héroe tenía el frío metido en el cuerpo desde que había cruzado la red de alcantarillado a toda velocidad para llegar hasta nosotros.

Mientras preparábamos unos platos abundantes de puré de patatas con extracto de carne, Läufer nos explicó que su milagrosa aparición había sido obra de una intrépida jovencita llamada Amalia. La boca de José se abrió desmesuradamente y yo dejé de remover el puré para soltar una exclamación de dolor y chuparme el dedo que acababa de quemarme con el borde del recipiente metálico.

—¿Amalia...? —preguntó estupefacto el padre de la artista.

—¿Tu hija se llama Amalia, no? ¡Pues esa misma!

—¿Qué demonios...? —empecé a decir, pero Läufer me cortó.

—Veréis, ¡yo no tenía ni idea de todo esto! —exclamó, señalando con la barbilla todo el despacho—. No sabía que estabais aquí. Desde la última reunión del Grupo, el 11 de octubre, no había tenido noticias de nadie, así que ayer jueves por la mañana se me ocurrió mandar un *e-mail* a Roi para preguntarle cómo iba el asunto de Weimar.

—¡Roi nos dijo que estabas demasiado ocupado para colaborar con nosotros! —le conté—. Creímos que te habías negado a participar.

—¡Pero si yo no sabía nada! —insistió—. A mí no me dijo nada.

José y yo cambiamos una mirada de inteligencia. Roi nos había engañado desde el principio.

—En fin... —prosiguió—, la cosa es que por la noche me subía por las paredes. Roi no había contestado a mi mensaje y hacía más de un mes que no tenía noticias. Así que te mandé un *mail* a ti, Ana, utilizando tu dirección normal de correo electrónico, la de tu servidor. Ya sabes que todos los mensajes entre nosotros pasan por el ordenador de Roi, de modo que no tuve más remedio.

—¡Me enviaste un mensaje sin codificar! —me alarmé.

—¡Bueno, no es tan grave! —protestó dando

buena cuenta de la primera cucharada de puré caliente—. ¡No te decía nada peligroso!

—¡Eso no importa, Läufer! ¡Es una irresponsabilidad por tu parte!

—¡Pues esa irresponsabilidad te ha salvado la vida! —se defendió con la boca llena—. Porque no sé si lo sabrás, pero la hija de José se pasa el día delante de tu ordenador y, gracias a eso, recibió y leyó mi mensaje.

—¿Ha estado leyendo mi correo privado? —me escandalicé, mirando a su padre con ojos asesinos.

José hizo un ruidito apaciguador con los labios y me cogió de la mano.

—Amalia me contestó inmediatamente, muy asustada. Me dijo que estabais aquí desde hacía once días y que creía que yo lo sabía. En cuanto me repuse del ataque de pánico (al principio creí que era una trampa de la policía), le mandé urgentemente otro *mail* citándola en un canal codificado y con clave del IRC. ¡Tu hija sabe mucho de informática, José! ¡Me gustaría conocerla! Tendríamos mucho de que hablar... Por supuesto, en cuanto los dos estuvimos dentro del canal bloqueé las entradas y la acribillé a preguntas. Tenía que comprobar que era quien decía ser y que lo que intentaba contarme era cierto. Lo primero que hice fue mandar un *troyano* a tu máquina, Ana, para averiguar de quién era el ordenador que tenía al otro lado. Eché un vistazo y me quedé más tranquilo: todas tus cosas estaban allí dentro.

Empezaba a sentirme como un insecto bajo la lupa de un equipo de científicos locos. Ya no había privacidad en mi vida, me lamenté. Mi ropa interior había sido expuesta al público.

—¿A que no sabéis cómo averigüé que era la verdadera Amalia...? —José y yo negamos pacientemente con la cabeza. Heinz sonrió muy ufano—. Le pregunté qué contenía el paquete que había enviado para ella desde Alemania. Me dijo que una muñequita de hojalata que se deslizaba por una pista nevada, una *Märklin* fabricada en 1890. ¡Bingo! ¡No me negaréis que fue una pregunta genial! —José y yo le confirmamos su genialidad con la cabeza—. Bueno, el resto ya lo podéis imaginar. Me contó toda la historia y nos dimos cuenta de que corríais un gran peligro. Una chapuza como la que había organizado Roi no podía significar otra cosa. Cogí el coche y, sin dormir, me vine a Weimar. Amalia me había indicado qué entrada a las galerías debía utilizar para caer lo más cerca posible de este sitio.

Sentí curiosidad y le pregunté cuál era.

—¡No te lo creerás! —me dijo con los ojos brillantes.

—Inténtalo.

—¡Estamos exactamente debajo del campo de concentración de Buchenwald!

—¡Qué!

—¡Te lo aseguro! Debajo mismo del campo, en un paraje llamado Ettersberg.

Mil ideas cruzaron mi cabeza en décimas de segundo. ¡Así que el Gauforum y el KZ Buchenwald estaban comunicados por túneles bajo tierra! ¡Así que no era debajo del Gauforum donde se escondía el Salón de Ámbar, sino debajo de Buchenwald!

—Entré por una boca de alcantarilla que hay en la Blutstrasse,[1] el camino que comunica Weimar con el campo, construido con hormigón por los propios presos, y...

Fue entonces cuando sentí un dolor agudo en el costado y un brazo que rodeaba con brutalidad mi garganta hasta cortarme la respiración. Escuché una exclamación y algunos golpes, pero no supe exactamente qué estaba pasando hasta que oí la voz de Roi junto a mi oreja:

—¡Dame las pistolas! ¡Dame las pistolas o la mato!

Me revolvía, furiosa, tratando desesperadamente de apartar con las dos manos aquel cepo que me impedía respirar. Pero cuanto más forcejeaba, más notaba el doloroso pinchazo en el costado.

—¡Dame las pistolas, José, o la mato! ¡No bromeo!

Oí un disparo. Y luego otro. En realidad oí también el silbido de las balas pasando muy cerca de mí. Pero cuando, por fin, una bocanada de aire logró entrar en mis pulmones, perdí el conocimiento.

1. «Vía de la sangre».

EPÍLOGO

No es que yo sea una delicada flor de invernadero que se desmaya en cuanto escucha una palabra soez. Es que el brazo de Roi me había impedido respirar durante demasiado tiempo y mi cerebro había dejado de recibir oxígeno. Por eso caí al suelo sin sentido en el mismo momento en que José disparaba y mataba al príncipe Philibert.

Roi había aflojado sus ataduras en cuanto abandoné la nave de las obras de arte. Supongo que se dio cuenta de mi precipitación y nerviosismo a la hora de maniatarle y debió colocar las manos de manera que las correas quedaron completamente sueltas. Luego mató a Vladimir Melentiev y a sus secuaces con el mismo puñal de oro y pedrería con que me había pinchado a mí. Lo cogió de una de las colecciones de armas robadas por Koch en algún museo de San Petersburgo. Matando a aquellos tres desgraciados, se aseguraba la posesión, no sólo de los tesoros contenidos en la nave, como había pactado con Melentiev, sino también del Salón de Ámbar, cuyo valor era incalculable.

Luego había cruzado el cuartel y había llegado

hasta el extremo de la mina, justo al otro lado de la puerta acorazada, y allí había permanecido hasta que encontró el momento adecuado para atacar a la persona que estaba más cerca de su escondite, o sea, yo. Le había salido perfecta la jugada, pues José había cogido las tres pistolas antes de salir de la nave y, atrapándome a mí, se aseguraba que éste se las devolviera. Pero calculó mal la reacción de José. Éste, al verme flaquear, creyó que me había clavado de verdad el puñal (¡poco faltó, desde luego!) y, ciego de ira, cuando Roi creía que se disponía a darle las armas, sujetó fuertemente una de ellas y le disparó a la cabeza, con tan buena puntería que acertó.

José, Heinz y yo abandonamos aquella misma noche las alcantarillas de Weimar por la boca situada en las inmediaciones de Buchenwald, no sin antes enterrar bajo la tierra negra y húmeda de la mina los cuerpos del príncipe Philibert y de Vladimir Melentiev y sus gorilas. Los otros, los que permanecían en sus camastros del cuartel, tendrían que esperar hasta nuestra siguiente visita.

Ya en el coche de Heinz, mientras nos alejábamos de la puerta del KZ, nos pusimos en contacto con Amalia y con Ezequiela a través del móvil. Hablamos con ellas largo y tendido, aunque sin entrar en detalles sobre lo ocurrido. Los teléfonos móviles son muy poco seguros, pues cualquiera puede captar la señal con un vulgar escáner y seguir punto por punto la conversación. Las tranquilizamos mientras Läufer conducía por las autopistas alemanas en dirección a su casa de Bonn, donde nos quedamos un par de días descansando después de tanto ajetreo. José pudo afeitarse por fin y quitarse la barba, pero yo llegué a la conclusión de que me gustaba más con pelo en la cara y le hice prometer que volvería a dejársela. También prestamos atención a otros importantes aspectos mientras estuvimos con Heinz: se hacía necesario desmantelar el sistema informático del Grupo de Ajedrez. La desaparición de Roi (que, evidentemente, tenía visos de prolongarse para siempre) acabaría llamando la atención de alguno de sus allegados, de manera que Läufer destruyó, a distancia, el contenido del disco duro de la máquina del príncipe, llevando a cabo un formateo de la unidad que hacía imposible la recuperación de los datos. No creímos que Roi hubiera sido tan inconsciente de dejar por ahí papeles o fotografías. Ninguno lo hacíamos, precisamente por su insistencia en temas de seguridad, de manera que nos sentimos bastante tranquilos después de esta intervención. Sólo hubo una cosa que Läufer no borró y que transfirió íntegramente a su ordenador: el fichero en el que Roi guardaba la lista de los clientes del Grupo y de los coleccionistas de arte más importantes del mundo.

Rook y Donna recibieron un mensaje anónimo muy sencillo en sus direcciones públicas de correo electrónico: una sola palabra, «Jaque», cargada para ellos de significado. A partir de ese momento, debían estar en alerta, vaciar sus ordenadores, eliminar la menor señal de su pertenencia al Grupo de Ajedrez y esperar instrucciones.

José estaba muy preocupado por su coche, abandonado en el destartalado garaje del edificio en ruinas de la Römerhofstrasse de Francfort, y por el viejo Mercedes azul oscuro que habíamos dejado en Weimar. Läufer le aseguró que él mismo iría a Francfort a recoger el Saab y que se haría cargo del vehículo hasta que José pudiera recuperarlo. En cuanto al Mercedes, llevaba dieciséis días aparcado en el mismo lugar y no sabíamos qué habría podido ser de él. Aparte de que desconocíamos por completo la procedencia del automóvil, podía hallarse en esos momentos en el depósito de la policía, por ejemplo, o, en el peor de los casos, sometido a vigilancia, a la espera de que apareciera el dueño. Esto último no era probable pero, como estábamos tan histéricos, Läufer indagó en los ordenadores del *Rathau* de Weimar y, después de dar muchas vueltas, encontró una breve nota que daba cuenta de la recuperación, en la misma calle que nosotros habíamos dejado el coche, de un vehículo de idénticas características (aunque diferente matrícula) a otro desaparecido de un taller de reparaciones de Francfort a mediados de octubre. Supusimos que lo habrían restablecido a su verdadero propietario sin hacer más averiguaciones —como era lo normal en estos casos—, y, recordando que, además, no habíamos dejado nuestras huellas, nos tranquilizamos y nos olvidamos del tema.

A primera hora del martes 17 de noviembre embarcamos, por fin, en un vuelo con destino a Madrid. Una vez en Barajas, estuvimos haciendo tiempo hasta la hora de comer y luego salimos del aeropuerto con un grupo de pasajeros franceses que acababa de arribar. Viajamos en taxi hasta Ávila, hablando, en francés, de tonterías, y, a media tarde, entramos por la puerta de mi casa como dos náufragos que ponen el pie en tierra firme después de muchas semanas de mar. Amalia y Ezequiela nos abrazaron como si fuéramos dos niños perdidos y hallados en el templo, pero mucho más se abrazaron entre sí cuando, tres días después, José y la niña partieron en tren rumbo a Oporto. A Amalia se le habían subido mucho los humos a la cabeza tras su intervención en la aventura, pero, aunque no le restó importancia y supo valorar su actuación, José no permitió que se pusiera tonta y, con cuatro frases, la devolvió a su condición de adolescente de trece años que todavía tenía que seguir yendo al colegio. Una noche, cuando José ya dormía, me levanté de la cama y entré en mi antigua habitación. Amalia se despertó de golpe y me miró sorprendida. «Sólo quiero darte las gracias a solas —le dije sonriente—, sin ti no estaríamos aquí. Si, cuando seas mayor, deseas entrar en el Grupo, tendrás todo mi apoyo. Pero no se lo digas a tu padre, ¿vale? Creo que no estaría de acuerdo conmigo. ¡Ah!, y puedes venir a esta casa cuando quieras y usar mi ordenador.» Era todo un pacto. Amalia me abrazó muy fuerte y yo le respondí, lo cual, para dos caracteres tan secos como los nuestros, era toda una alianza. Mi criada también se había encariñado realmente con la niña y me expresó ampliamente su satisfacción por la aparente estabilidad de mi relación con el padre de la criatura. Llegó a insinuarme, incluso, que no le importaría dejar Ávila y vivir en el país vecino «si yo lo creía necesario». Por supuesto, le cerré la boca con unas cuantas inconveniencias.

La vida volvió a la normalidad antes de que nos diéramos cuenta. Todos los fines de semana, en Oporto o en Ávila, José y yo nos encontrábamos y pasábamos un par de días juntos, a veces con la niña y otras veces sin ella, según tocara. Empezó a formar parte de mi rutina el bajar los viernes a Madrid para coger el avión o para recibir a José. Habíamos establecido un *modus vivendi* cómodo y agradable, aunque él se resentía y lamentaba como un condenado a cadena perpetua. Pero el truco estaba en no hacerle ningún caso.

Gracias a la base de datos salvada por Läufer antes de aniquilar el contenido del ordenador de Roi, rescatamos el nombre del coleccionista francés que había comprado el icono ruso robado por mí del iconostasio de la iglesia ortodoxa de San Demetrio, en San Petersburgo. A mediados de diciembre, todavía bastante asustados por las repercusiones que pudiera tener lo ocurrido en Weimar, dejamos el icono en los aseos de una gasolinera de las afueras de Lyon y, seis horas después, recogimos quinientos mil dólares en la consigna de la estación de autobuses. Estábamos muy preocupados e inseguros, por eso hasta principios de marzo del año siguiente no nos atrevimos a convocar un encuentro con Rook y Donna.

Habían transcurrido ya cuatro meses. Weimar festejaba su situación de Ciudad Europea de la Cultura 1999 y salía con frecuencia en los telediarios, aunque, significativamente, jamás se mencionaba su pasado nazi ni la existencia en las afueras del KZ Buchenwald.

La ausencia de Roi había pasado bastante inadvertida en los círculos del arte, como si nadie quisiera recordar que le había conocido o como si todo el mundo diera por sentado que se había fugado a una isla paradisíaca de las Antillas Francesas para disfrutar de una merecida jubilación. La desaparición de Melentiev, según supimos después, fue rápidamente cubierta por su hijo, Nicolás Serguéievich Rachkov, quien ya ostentaba la dirección de los negocios familiares desde mucho tiempo atrás.

El 2 de marzo de 1999 celebramos una primera reunión en el IRC, convocada por Heinz a través de un nuevo sistema de encriptación de correo escrito por él. En aquel breve encuentro decidimos que había llegado el momento de que cambiaran algunas cosas en el Grupo de Ajedrez. Acordamos encontrarnos personalmente, los cuatro, el lunes siguiente, 8 de marzo, en el hotel Casuarina Beach, situado en el paraje llamado Anse aux Pins, de la isla Mahé, en las Seychelles, y así, mientras nos tostábamos al sol en las playas de arena blanca, frente a unas aguas de color turquesa, o disfrutábamos de un espectáculo criollo al anochecer, podríamos hablar apaciblemente de los muchos temas que teníamos pendientes y tomar todas las decisiones que había que adoptar para el futuro.

No ocurrió exactamente así, pero fue muy emocionante reunirnos de madrugada en la habitación de Läufer, con las ventanas cerradas a cal y canto y el susto recorriéndonos el cuerpo. Rook resultó un poco más estúpido, más ambicioso y más feo de lo que parecía por Internet (un británico de esos con paraguas, tirantes, bombín y alma de *yuppy* posmoderno), pero Donna se reveló como una mujer excepcional, con las ideas muy claras y una saludable y desmedida pasión por el arte. Sólo éramos cinco, y no seis, las piezas de ajedrez reunidas aquella noche en el Casuarina Beach. Desde el principio resultó evidente que constituíamos un grupo descabezado, carente de líder —de Rey—, pero teníamos buena voluntad y muchas ganas de seguir adelante. Además, y esto era lo verdaderamente importante, poseíamos un inmenso tesoro enterrado en el subsuelo de Weimar.

Estaba el sol en lo alto cuando llegamos, por fin, a la conclusión de dejar el Salón de Ámbar en su escondite. Barajamos múltiples posibilidades porque nos molestaba no encontrar una solución, pero era obvio que no estábamos cualificados para un trabajo de semejante envergadura: necesitaríamos, como mínimo, un amplio equipo de personal especializado, amén de un material de trabajo exageradamente llamativo (excavadoras, grúas, carretillas elevadoras, etc.) y una enorme flota de camiones para el transporte. Además, ¿dónde podríamos guardar algo así? ¿Dónde esconder, en buenas condiciones, unos gigantescos paneles de ámbar dorado de más de dos siglos de antigüedad? Mejor dejarlo donde estaba, decidimos, por lo menos hasta que vaciáramos de obras de arte el almacén contiguo. En eso hubo unanimidad y conformidad desde el primer momento. Se imponía establecer una periodicidad de visitas al entramado de galerías de Weimar para ir despejando la nave. Entrando y saliendo por Buchenwald, en uno o dos años podríamos haber sacado todo lo que Sauckel y Koch habían escondido y no habría ningún problema para vender un material tan bueno en el amplio mercado de los coleccionistas privados.

Donna apuntó la posibilidad de devolver, bajo manga, el Salón de Ámbar a los rusos, es decir, a través de un comunicado anónimo o algo así. Pero Läufer señaló que eso crearía un conflicto diplomático entre Rusia y Alemania, todavía enfrentados por el asunto del tesoro de Troya, descubierto en el siglo XIX por el arqueólogo alemán Heinrich Schliemann. Al parecer, los soviéticos se lo llevaron a la URSS como «trofeo de guerra» al finalizar la Segunda Guerra Mundial. La verdad, me dije, es que todos tenían muchos motivos por los que callar.

Así pues, nos quedamos con el salón. Algún día, quizá, podría servirnos para algo, podríamos sacarle algún provecho (no necesariamente económico) o podríamos necesitarlo como moneda de cambio, como quiso hacer Erich Koch. Aunque, tal vez, lo devolveríamos en cuanto se dieran las circunstancias adecuadas. El tiempo lo diría.

Con un solo voto en contra (el mío), se aprobó también la moción de «alquilar» una o dos celdas más a mi tía Juana en el monasterio de Santa María de Miranda. De ese modo, me explicaron pacientemente, podríamos guardar las piezas ya vendidas hasta su entrega. Les dije que únicamente imponía una condición: que las demandas de dinero de mi tía para sufragar la rehabilitación de su cenobio corrieran a cargo de los beneficios del Grupo. Estaba hasta el gorro de que esa vampira me chupara la sangre sólo a mí. Aceptaron, naturalmente, y yo me tuve que tragar la bilis que me subía por la garganta. ¡Se iba a hacer de oro la madre superiora!

El Grupo de Ajedrez, hoy en día, sigue trabajando sin descanso (por pura afición, es cierto). Desde entonces, nos han ocurrido otras muchas cosas: con gran satisfacción por mi parte, antes de un año habíamos nombrado un nuevo Roi, alguien estupendo que cumple magníficamente sus funciones, y poco después sucedió lo del... Pero, no, que ésa es otra historia.